LETTRES

DE

PHILIPPE II

A SES FILLES

LES INFANTES ISABELLE ET CATHERINE

ÉCRITES

PENDANT SON VOYAGE EN PORTUGAL

(1581-1583)

PUBLIÉES

D'APRÈS LES ORIGINAUX AUTOGRAPHES
CONSERVÉS DANS LES ARCHIVES ROYALES DE TURIN

Par M. GACHARD

MEMBRE DE L'ACADÉMIE ET DE LA COMMISSION ROYALE D'HISTOIRE DE BELGIQUE
CORRESPONDANT DE L'INSTITUT DE FRANCE, DES ACADÉMIES DE MADRID,
VIENNE, TURIN, MUNICH, AMSTERDAM, BUDA-PESTH, ETC.

PARIS

LIBRAIRIE PLON

E. PLON, NOURRIT ET Cⁱᵉ, IMPRIMEURS-ÉDITEURS

IO, RUE GARANCIÈRE

1884

LETTRES

DE PHILIPPE II

A SES FILLES

L'auteur et les éditeurs déclarent réserver leurs droits de traduction et de reproduction à l'étranger.

Ce volume a été déposé au ministère de l'intérieur (section de la librairie) en novembre 1883.

PARIS. TYPOGRAPHIE E. PLON, NOURRIT ET Cⁱᵉ, RUE GARANCIÈRE, 8.

LETTRES

DE

PHILIPPE II

A SES FILLES

LES INFANTES ISABELLE ET CATHERINE

ÉCRITES

PENDANT SON VOYAGE EN PORTUGAL

(1581-1583)

PUBLIÉES

D'APRÈS LES ORIGINAUX AUTOGRAPHES
CONSERVÉS DANS LES ARCHIVES ROYALES DE TURIN

Par M. GACHARD

MEMBRE DE L'ACADÉMIE ET DE LA COMMISSION ROYALE D'HISTOIRE DE BELGIQUE
CORRESPONDANT DE L'INSTITUT DE FRANCE, DES ACADÉMIES DE MADRID,
VIENNE, TURIN, MUNICH, AMSTERDAM, BUDA-PESTH, ETC.

PARIS

LIBRAIRIE PLON

E. PLON, NOURRIT et Cie, IMPRIMEURS-ÉDITEURS

10, RUE GARANCIÈRE

1884

INTRODUCTION

I

Au mois d'octobre 1867 je visitais les Archives royales de Turin, l'un des plus considérables et des plus précieux dépôts de titres d'Italie.

Entre différentes séries de documents qui s'y partagèrent mon attention, il y en eut une par laquelle ma curiosité fut tout particulièrement excitée : c'était une collection de lettres autographes de Philippe II adressées à ses filles les infantes Isabelle et Catherine, et qui, conservées avec un soin pieux par la plus jeune de ces princesses, passèrent ainsi dans les archives de la maison de Savoie [1].

[1] Outre ces lettres, les Archives de Turin en possèdent, en grand nombre, qui sont adressées par Philippe II à l'infante Catherine après son mariage avec le duc Charles-Emmanuel de Savoie. Celles-ci n'offrent, en général, qu'assez peu d'intérêt. Nous croyons cependant qu'on nous saura gré d'en donner la liste. On la trouvera à la suite de cette Introduction, Appendice nº I.

Des actes, des dépêches sans nombre de Philippe II ont été mis en lumière, mais on ne connaissait aucune lettre de lui à ses filles.

Il n'en existe point dans les Archives royales de Simancas.

La Bibliothèque nationale de Madrid, celle de l'Escurial, n'en renferment pas non plus.

Et ce qui ajoutait au prix de cette correspondance, c'est que s'il ne reste guère à apprendre sur le caractère et la politique du fils de Charles-Quint, on ne pouvait juger de ses sentiments, comme père, que par sa conduite envers don Carlos; or, elle était loin d'en donner une idée favorable, malgré les extravagances auxquelles s'était livré le malheureux prince.

Tels sont les motifs qui me déterminèrent à prendre copie de cette correspondance et qui m'engagent aujourd'hui à la présenter au public.

II

Disons d'abord dans quelles circonstances Philippe II écrivit les lettres qu'on va lire. Nous parlerons ensuite des deux princesses auxquelles elles furent adressées.

Le 4 août 1578 le roi don Sébastien de Portugal,

que son esprit aventureux, son ardeur belliqueuse, son lamentable aveuglement avaient conduit en Afrique, périt dans la bataille livrée par lui aux Mores à Alcazarquivir.

Sébastien n'était pas marié. La couronne de Portugal passa à son grand-oncle le cardinal Henri, âgé de près de soixante-sept ans et fort infirme.

La vacance du trône était un événement auquel il fallait s'attendre dans un avenir prochain; aussi ceux qui y pouvaient prétendre songèrent-ils dès lors à se prévaloir de leurs droits. Ces prétendants étaient don Antonio, prieur de Crato, fils naturel de l'infant don Louis, frère du roi Henri; Philippe II, comme fils d'Isabelle, fille aînée du roi Emmanuel le Fortuné; Emmanuel-Philibert, duc de Savoie, fils de Marie-Béatrix, sœur d'Isabelle; Catherine, fille de l'infant don Édouard, mariée à Jean, duc de Bragance, et Ranuce Farnèse, prince héréditaire de Parme, né de Marie, autre fille d'Édouard. Il y avait aussi Catherine de Médicis; mais ses prétentions n'étaient pas considérées comme bien sérieuses [1].

---

[1] Dans la communication que, par ordre de Philippe II, le président de Castille fit, le 30 mai 1579, aux cortès assemblées à Madrid, au sujet de la succession de Portugal, il s'attacha à démontrer que le Roi avait des droits supérieurs à ceux de la duchesse de Bragance, du duc de Savoie, de don Antonio et du prince de Parme : il ne dit pas un mot de Catherine de Médicis. (*Colecc. de documentos inéditos para la historia de España*, t. VI, p. 524.)

Philippe II ne perdit pas de temps pour s'occuper des moyens de réussir dans les siennes.
Dès qu'il eut connaissance du désastre d'Alcazarquivir, il envoya à Lisbonne don Cristoval de
Moura, avec la mission de visiter le nouveau Roi,
de lui présenter ses compliments de condoléance,
mais surtout de disposer les esprits en sa faveur [1].
Au mois de janvier 1579 il fit partir pour la même
destination le duc d'Ossuna [2]. Ces deux envoyés
étaient chargés de demander à Henri [3] qu'il voulût
déclarer le roi d'Espagne son successeur, et le
faire reconnaître, sans tarder, comme prince héritier du royaume. Plus tard Philippe leur adjoignit,
avec le titre de ses ambassadeurs et procureurs,
le licencié Rodrigo Vazquez Arce et le docteur
Luis de Molina; ceux-ci devaient particulièrement
exposer au Roi en personne, ou aux ministres
qu'il désignerait, les raisons qui mettaient en évi-
dence les droits de leur maître à la succession du
royaume de Portugal [4]. Philippe crut devoir,
dans le même temps, écrire à la ville de Lisbonne,

[1] Moura était à Lisbonne dès le 25 août 1578, trois jours avant la
proclamation du roi Henri. (*Documentos inéditos*, t. XL, p. 136 et 141.)
Au mois de mai 1579 Philippe II le revêtit du caractère de son ambassadeur. Moura était venu passer quelques jours à Madrid, pour lui
rendre compte de l'état des choses en Portugal. (*Ibid.*, p. 371.)

[2] *Documentos inéditos*, etc., t. VI, p. 85.

[3] Ils firent cette démarche le 18 mars 1579. (*Ibid.*, p. 267.)

[4] Leur pouvoir, daté du 28 mai 1579, est dans les *Documentos inéditos*, t. XL, p. 251. Leur lettre de créance, de la même date, est au
tome VI, p. 402.

pour elle et pour les autres villes du royaume. Il leur disait qu'ayant consulté des hommes de beaucoup de science et de conscience, tant d'Espagne que de l'étranger, tous avaient trouvé que la succession lui revenait de droit; qu'il n'y avait nulle personne vivante qui avec raison et justice pût la lui disputer. Il leur faisait observer qu'il n'était pas étranger pour les Portugais, puisqu'il était petit-fils et fils de leurs princes naturels et du même sang. Il les assurait que non-seulement il conserverait leurs libertés et privilèges, mais qu'il aurait à cœur de les augmenter [1].

Henri hésitait à se prononcer pour le roi d'Espagne. La nation portugaise était en général peu favorable à ce monarque; elle aurait toutefois accepté, pour son futur souverain, l'un des princes ses fils : mais Philippe II, sur l'ouverture qui lui en fut faite, se montra absolument contraire à ce qu'il en fût question; il entendait ceindre lui-même la couronne de Portugal [2]. Enfin, au mois de janvier 1580, Henri, ayant convoqué les cortès à Almeirim, leur déclara que, selon lui, le roi Philippe était celui qui avait le plus de droits à sa succession [3]. Il avait, quelque temps auparavant,

---

[1] Lettre du 14 mars 1579, dans les *Documentos inéditos*, t. XL, p. 230.

[2] *Documentos inéditos*, etc., t. VI, passim. Voir, entre autres, p. 502, sa lettre à Moura du 29 juin 1579.

[3] Lafuente, *Historia de España*, t. XIV, p. 117.

banni du royaume le prieur don Antonio, en le
privant de tous les honneurs, prérogatives, gages
et revenus dont il jouissait[1].

La déclaration du Roi n'obtint pas, il s'en fallut
de beaucoup, l'assentiment unanime des cortès;
l'état ecclésiastique fut le seul qui n'y contredît
point. La noblesse ne s'y conforma qu'à la simple
majorité des voix. Les *procuradores* la rejetèrent
résolûment; ils dirent qu'ils voulaient un Roi portugais et non étranger[2].

Au milieu des débats et de l'agitation que la
question fit naître, le roi Henri vint à mourir
(31 janvier 1580). Pendant les dix-sept mois de
son règne, ce monarque avait été presque con-
stamment malade, et plusieurs fois ses médecins
avaient désespéré de sa vie.

Il avait, au mois de juin précédent, choisi cinq
personnages[3], entre quinze présentés par les
cortès, pour gouverner le royaume après sa mort,
jusqu'à ce qu'il eût été décidé en justice quel serait
son successeur[4].

Déjà, du vivant de Henri, Philippe II avait fait

---

[1] Sentence du 23 novembre 1579. (*Documentos inéditos*, etc., t. XL,
p. 279.)

[2] LAFUENTE, *l. c.* — HERRERA, *Historia general del mundo*, t. II,
p. 390.

[3] C'étaient l'archevêque de Lisbonne, Francisco de Saa, D. Juan
Mascarenas, le gouverneur de Lisbonne et D. Juan Tello de Meneses.

[4] Lettre de Moura à Philippe II du 29 juin 1579. (*Documentos inéditos*, etc., t. VI, p. 509.)

quelques préparatifs militaires; à la nouvelle de son décès, il ordonna que les armements fussent continués et poussés même avec la plus grande activité, afin qu'il pût avoir bientôt une armée prête à entrer en Portugal. Il fallait à cette armée un chef qui inspirât confiance aux soldats et imposât aux adversaires. La voix publique désignait, pour cette charge importante, le duc d'Albe; le conseil royal de Castille s'en rendit l'interprète auprès du Roi : « Personne, dit-il à Philippe II, « n'est plus propre que le duc, comme chacun le « sait, à une telle charge, et ce serait chose de‚ « grande merveille que, Votre Majesté l'ayant en « Espagne et si près d'elle, elle songeât à entrer « en campagne sans lui, car tout le monde est « d'avis que, s'il était à six mille lieues, elle de- « vrait le faire venir [1]. »

Ferdinand Alvarez de Tolède, après avoir, pendant de longues années, joui de toute la faveur de son souverain, avait encouru sa disgrâce. Il était en ce moment relégué à Uceda, en punition de ce qu'il avait autorisé un manque de foi de son fils don Frédéric envers l'une des dames

---

[1] « Será cosa de grande maravilla que teniéndolo V. M. en España y « tan acerca de sí, se mueva hacer jornada sin él, juzgando todo el mundo « que de seis mil leguas, siendo vivo, lo debria mandar llamar... » (Lettre du président Pazos à Philippe II, du 15 février 1580, dans les *Documentos inéditos*, etc., t. VIII, p. 516.)

de la feue reine Élisabeth[1]. Philippe II, non sans quelque répugnance[2], se décida à lui offrir le commandement de l'armée, qu'il accepta. Il ne permit pas cependant au duc de venir à sa cour, comme celui-ci le désirait, mais il voulut qu'il se dirigeât directement vers Badajoz, où se rassemblaient les forces destinées à l'expédition de Portugal[3].

Le 14 février 1580 la reine Anne d'Autriche donna le jour à une infante, qui fut baptisée le 25 et reçut le nom de doña María. Elle eut pour parrain l'archiduc Albert, que Grégoire XIII, en 1577, avait créé cardinal, et pour marraine la duchesse de Brunswick[4].

L'héritier du trône d'Espagne, le prince don Diego, avait atteint sa cinquième année[5]. Philippe II, à la veille d'aller inspecter son armée sur la frontière du Portugal[6], le fit jurer, le

---

[1] Les tomes VII et VIII des *Documentos inéditos* contiennent de nombreux documents sur cette affaire.

[2] L'ambassadeur de France à Madrid, Saint-Gouard, écrivait à Henri III que la détermination du Roi avait été « plustost chose forcée « et ne pouvant moins que non volontaire et agréable ». (*La Bibliothèque nationale à Paris, Notices et Extraits des manuscrits qui concernent l'histoire de Belgique*, t. II, p. 562.)

[3] Dépêches de Saint-Gouard des 8 et 20 mars 1580. (*Ibid.*, p. 563.)

[4] *Memorias de fray Juan de San Gerónimo* (t. VII des *Documentos inéditos*, p. 271). — Dépêches adressées à Henri III, les 20 février et 2 mars 1580, par le sieur de Saint-Gouard. (*La Bibliothèque nationale à Paris*, etc., t. II, p. 564.)

[5] Il était né le 12 juillet 1575.

[6] Le cardinal de Granvelle s'était montré opposé à ce voyage du Roi. Il écrivait, le 15 mai 1580, à la duchesse de Parme, Marguerite

1ᵉʳ mars, pour son successeur, par les prélats, les grands et les *procuradores* des royaumes de Castille [1].

Le 4 ce monarque quitta Madrid [2], laissant la charge des affaires, pendant son absence, au cardinal de Granvelle [3]. A Fuensalida la Reine vint le joindre avec le prince don Diego, les infantes Isabelle et Catherine et l'archiduc Albert; tous ensemble partirent pour Guadalupe, où ils arrivèrent le 24 [4]. Ils y passèrent la semaine

d'Autriche : « J'estois d'advis que Sa Majesté dois icy leur fît la guerre « (aux Portugais), que fust esté plus de réputation et grandeur et « avec moindre danger de la santé... Ceulx qui sont en Portugal, avec « le duc d'Ossuna, pour y négocier de par Sa Majesté, que sont là à « grandz fraiz plus d'ung an et ont peu faict, importunarent de sorte « Sa Majesté afin qu'elle partît d'icy vers la frontière, disans que en ce « consistoit tout le bon succès, et donnans espoir que seullement la « nouvelle qu'il partoit d'icy (que personne ne croyoit en Portugal il « deût faire ny pour gaigner dix royaulmes), que sortant tout s'achè- « veroit et se viendroient rendre ceulx de Portugal, cela le fit partir et « mectre en chemin hors de saison. Je me doubte que la peur qu'ils « avoient là les faisoit parler. » (Archives Farnésiennes, à Naples.)

[1] Dépêche de Saint-Gouard du 2 mars déjà citée.

[2] Dans ses *Memorias*, fray Juan de San Gerónimo donne au départ du Roi la date du 5 mars : mais c'est une erreur. Saint-Gouard dit positivement (dépêche du 8 mars) que le Roi est parti le 4; et, comme on le verra plus loin, Philippe, écrivant aux infantes le 5 mars 1582, leur rappelle qu'il y eut deux ans, la veille, qu'il quitta Madrid.

[3] Les ambassadeurs accrédités à sa cour s'en montrèrent blessés, à ce que rapporte Saint-Gouard dans une dépêche du 10 mars à Henri III, et il ajoute que, quant à lui, étant envoyé au Roi, il croirait déroger à la dignité de son souverain en traitant avec un ministre : « car le cardinal n'est, après tout, à Madrid, qu'un minis- « tre, il est vrai autorisé de la dignité de cardinal; mais là où il est, « il ne fait ni ne représente consistoire. » (*La Bibliothèque nationale à Paris*, etc., t. II, p. 563.)

[4] Lettre du secrétaire Delgado au duc d'Albe, du 24 mars. (*Documentos inéditos*, etc., t. XXXIV, p. 332.)

sainte. Après les fêtes de Pâques, ils prirent le chemin de Badajoz, sans trop se presser, car ils entrèrent seulement en cette ville le 21 mai[1].

Pendant qu'il était à Guadalupe, le Roi reçut une ambassade des gouverneurs du Portugal[2] qui venait l'exhorter à s'abstenir d'un recours aux armes tant qu'il n'aurait pas été prononcé sur ses prétentions. Il fit répondre aux ambassadeurs qu'il les remerciait du zèle qu'ils montraient avoir pour le bien public de leur pays; qu'il était persuadé de leur bonne intention; qu'il eût été charmé si leur proposition avait été telle qu'il y pût condescendre, mais que ses droits étaient manifestes; qu'il n'y avait pas d'ailleurs de juges légitimes ni compétents pour en connaître; qu'en conséquence il les priait et les chargeait de se résoudre promptement à le recevoir et jurer pour leur Roi et seigneur naturel, Dieu ayant voulu qu'il le fût, puisqu'ils savaient ce que pensait et avait résolu là-dessus le sérénissime roi don Henri[3].

---

[1] *Memorias de fray Juan de San Gerónimo*, p. 287. — Herrera (t. II, p. 400) donne la date du 20 à l'entrée du Roi à Badajoz.

[2] Elle était composée de l'évêque de Coïmbre et de don Manuel de Melo.

[3] « ... Y assí les ruega y encarga se resuelven luego en recebirle y jurarle por su rey y señor natural, como Dios ha querido que lo sea, pues saben lo que cerca desto sentia é iba disponiendo y tenia resuelto el serenísimo rey don Enrique. »

Cette réponse fut donnée aux ambassadeurs par le secrétaire d'État

L'armée espagnole se trouvait rassemblée dans les environs de Badajoz lorsque Philippe II arriva en cette ville; le 16 juin il alla, avec la Reine, la passer en revue[1].

A la fin de l'été de 1580, l'Espagne et le Portugal furent désolés par une épidémie catarrhale qui fit un grand nombre de victimes. Philippe en fut atteint, et, pendant plusieurs jours, on craignit pour sa vie[2]. Il commençait à peine à se rétablir lorsque la reine Anne tomba malade à son tour : moins heureuse que son mari, cette princesse succomba le 26 octobre; elle était enceinte de six mois[3]. Son corps fut transporté au monas-

Gabriel de Çayas, à Guadalupe, le 16 avril 1580. (*Documentos inéditos*, etc., t. XXVII, p. 286.)

Çayas, écrivant, le 13 avril, à l'évêque de Cuença, don Rodrigo de Castro, qualifiait d'indécente la proposition des ambassadeurs : « Es « tan indecente demanda cuanto se deja considerar. » (*Ibid.*, t. XL, p. 308.)

[1] Lettre du cardinal de Granvelle à la duchesse de Parme du 21 juin 1580. (Archives Farnésiennes, à Naples.)

[2] Le cardinal de Granvelle écrivait à la duchesse de Parme le 18 septembre : « Nous avons heu le Roy nostre maistre en tel danger que « nous avons tous doubté de sa vie,... ayant esté saingné deux fois et « purgé aultant, heu ventouses scarifiées, etc. » Le 16 octobre il lui mandait : « Grâces à Dieu, dois sept jours, Sa Majesté se lième du lict « avec bon subject, dort bien et mange avec goust et appétit, et « espèrent les médecins qu'il sera du tout refaict... » (Archives Farnésiennes, à Naples.)

Dans une autre lettre à la duchesse, en date du 9 décembre, le cardinal, lui rappelant cet événement, disait : « J'avoye, de jour à aultre, « lettres de Mateo Vazquez (secrétaire particulier du Roi) m'advertis- « sant du danger auquel estoit Sa Majesté; me disant qu'il y avoit peu « d'espoir de vie et que je pensasse sur ce que, advenant le décès, « seroit à faire, pour en advertyr la Royne... » (*Ibid.*)

[3] Granvelle attribuait la mort de la Reine à l'impéritie des médecins, qui l'avaient saignée quatre fois et purgée, malgré sa grossesse. Il

tère de l'Escurial sous la conduite de l'évêque de
Badajoz et du duc d'Ossuna, accompagnés de la
comtesse de Paredes, sa *camarera mayor*, et de
la comtesse de Barajas[1]. Le Roi alla s'enfermer,
pendant plusieurs jours, dans un couvent à deux
lieues de Badajoz[2].

Toutes les offres, toutes les promesses que le
monarque espagnol avait faites aux Portugais,
pour les induire à se ranger volontairement sous
son sceptre, étant demeurées sans effet, il avait,
dans les derniers jours de juin, donné à son armée
l'ordre de franchir la frontière qui séparait les
deux royaumes. Le duc d'Albe occupa, sans
rencontrer de résistance, Yelbes, Olivenza, Estremoz; il se porta ensuite sur Setubal, que don
Antonio, après avoir été proclamé roi à Santarem et à Lisbonne, venait de réduire à son autorité. Secondé par l'armée navale que commandait
le marquis de Santa Cruz, Ferdinand Alvarez de
Tolède força promptement à se rendre cette place
regardée presque comme inexpugnable. Il s'em-
para de même de Cascaes, et, le 25 août, à

écrivait : « Ce trespas de la Royne trouble● beaucoup Sa Majesté,
« qui l'aimoit très fort, et luy estoit compaignie fort agréable, et ne
« pouvoit estre chose plus formée à son humeur... Je tiens que Sadicte
« Majesté debvoit avoir faict et fondé grand discours sur la personne
« de la Royne, estant jeune, pour cy-après, et par son testament remis
« à elle plusieurs choses qu'il fauldra changer. » (Lettre du 31 octobre à la duchesse de Parme, aux Archives Farnésiennes, à Naples.)

[1] *Memorias de fray Juan de San Gerónimo*, p. 336.
[2] Lettre de Granvelle du 31 octobre.

Belem, il battit don Antonio en personne[1]. A la suite de cette victoire, il prit possession de Lisbonne, où, le 11 septembre, il fit proclamer Philippe II roi de Portugal[2].

Il importait que ce prince se montrât à ses nouveaux sujets, et le duc d'Albe l'en sollicitait instamment[3]. Philippe partit de Badajoz le 5 décembre; quelques jours auparavant il avait fait reprendre le chemin de Madrid au prince don Diego et aux deux infantes, en les confiant aux soins de don Francisco Zapata de Cisneros, comte de Barajas, son grand maître, et de l'évêque de Cordoue.

Dans tous les lieux qu'il traversa[4] Philippe fut reçu avec les honneurs royaux. Le 27 décembre, à Elvas, don Rodrigo de Alencastro vint, au nom du duc et de la duchesse de Bragance, ainsi que du duc de Barcelos, leur fils, lui jurer obéissance et fidélité, comme au légitime roi de Por-

[1] Voir, dans les *Documentos inéditos para la historia de España*, t. XXXII, p. 455, la lettre du même jour où le duc rend compte au Roi de cette victoire.

[2] Lettre du duc d'Albe au Roi du 12 septembre 1580. (*Documentos inéditos*, etc., t. XXXIII, p. 16.)

[3] Il lui écrivait notamment le 13 novembre : « La venida de Vuestra « Magestad en este reino es muy conviniente á su servicio, y ninguna « cosa puede ser de mayor importancia para asentar las cosas y po- « nellas en el órden que conviene... » (*Documentos inéditos*, etc., t. XXXV, p. 132.)

[4] Le cardinal de Granvelle trouvait que le Roi voyageait avec trop peu de faste : « Y a longtemps — écrivait-il à la duchesse de Parme — « que je le sollicite d'estre mieulx accompaigné qu'il n'a esté jusques « à oyres, non-seulement pour la sheurté de sa personne, mais pour la

tugal[1]; il montra le prix qu'il attachait à cet acte de soumission d'un de ses compétiteurs au trône en allant visiter la duchesse à Villalobin, l'une des résidences de sa maison[2].

Le 15 mars 1581 il arriva à Thomar. Il y avait convoqué les trois états du royaume. Ces représentants de la nation portugaise, le 16 avril, le reconnurent pour leur souverain et lui prêtèrent serment de fidélité; à son tour, il jura d'observer les privilèges, usages, coutumes et libertés du royaume. Le 23 le prince don Diego fut, avec les mêmes solennités, reconnu par les cortès pour son successeur[3].

En quittant Thomar, Philippe se dirigea vers Lisbonne par Santarem; il s'arrêta plusieurs jours à Almada, en attendant que les préparatifs de

« bienséance, l'autorité et réputation que en tel temps et occasion « sont de beaucoup : dont toutesfoys Sa Majesté tient moins de compte « que je ne vouldrois, pour estre naturellement, et de nourriture et « coustume, tant retiré... » (Lettre du 20 février 1581, aux Archives Farnésiennes, à Naples.)

[1] Lettre du cardinal de Granvelle à la duchesse de Parme, du 29 décembre 1581. (Archives Farnésiennes, à Naples.)

[2] CABRERA, *Historia de Felipe II*, t. II, p. 632. — Lettre de Granvelle à la duchesse de Parme du 6 mars 1581. (Archives Farnésiennes.)

[3] La date que nous assignons à l'inauguration du Roi est celle que donne Lafuente, *Historia general de España*, t. XIV, p. 138, d'accord avec Cabrera, *Historia de Felipe II*, t. II, p. 632, et avec fray Juan de San Gerónimo (*Documentos inéditos*, etc., t. VII, p. 344). Mais Lafuente se trompe en disant que la prestation de serment au prince don Diego eut lieu le jour suivant : cet acte s'accomplit le 23 avril, comme on le voit dans une lettre écrite, le 22, par le Roi au duc d'Albe, et qui est au tome XXXIV des *Documentos inéditos*, p. 266.

sa réception dans la capitale fussent terminés. Il fit son entrée à Lisbonne le 29 juin, en grand apparat[1].

Il ne pensait pas qu'il y serait retenu longtemps par les affaires publiques de son nouveau royaume : l'événement trompa ses prévisions.

Au mois de mai 1582 il reçut la visite de l'impératrice Marie, sa sœur, accompagnée de l'archiduchesse Marguerite, la dernière de ses filles.

Marie avait perdu son époux, l'empereur Maximilien II, le 12 octobre 1576. Soit, comme le rapporte un historien, qu'elle vît avec déplaisir l'état de l'Église catholique en Allemagne et qu'il lui parût que dans le pays de sa naissance elle terminerait ses jours avec plus de tranquillité de corps et d'esprit[2], soit qu'à Vienne, selon le diplomate vénitien Matteo Zane, elle prétendît avoir part au gouvernement, à l'imitation de la reine mère de France, et que ses fils n'y voulussent pas consentir[3], ou encore, d'après un

---

[1] Nous ne savons d'après quels témoignages Lafuente (t. XIV, p. 141) fait entrer Philippe II à Lisbonne le 27 juillet. La relation qui est insérée dans le tome XL des *Documentos inéditos*, p. 406, dit positivement : « El dia de San Pedro, que se contaron 29 de junio « 1581. » Herrera (t. II, p. 441) confirme cette date. Le tome L des *Documentos inéditos*, p. 509, contient une lettre du Roi écrite de Lisbonne le 19 juillet. On verra plus loin que, dans une lettre du 26 juin à ses filles, Philippe leur annonce son entrée pour le 29.

[2] CABRERA, *Historia de Felipe II*, t. II, p. 626.

[3] Relation de 1584, dans ALBÈRI, *Relazioni degli ambasciatori veneti al Senato*, sér. I, t. V, p. 366.

autre ambassadeur de Venise, qu'elle voulût déterminer le Roi son frère à donner en mariage l'infante Isabelle à l'empereur Rodolphe[1], elle résolut de se retirer en Espagne. Philippe II approuva son dessein; il mit à sa disposition l'argent nécessaire pour son voyage; il ordonna au gouverneur du duché de Milan de la recevoir aux limites de cet État, de la conduire jusqu'à Gênes, et à Giovanni Andrea Doria de la transporter sur ses galères en Catalogne[2]. Elle débarqua, au mois de décembre 1581, à Collioure[3], et arriva à Madrid le 6 mars de l'année suivante. Après s'y être reposée quelques jours, elle se mit en route pour le Portugal. Le Roi alla à sa rencontre jusqu'à Almeirim[4].

Le 21 novembre 1582 mourut de la petite vérole, au palais de Madrid, le prince d'Espagne don Diego Felix. Le Roi ne voulut pas qu'on prît le deuil pour cet enfant, disant qu'il jouissait du royaume pour lequel Dieu l'avait créé; il en avait

[1] Relation de Tommaso Contarini faite en 1593. (*Relazioni*, etc., sér. I, t. V, p. 426.)

[2] CABRERA, *l. c.* Le témoignage de cet historien est confirmé par une lettre de Philippe II au cardinal de Granvelle, en date du 26 décembre 1580, dont l'original se conserve à la Bibliothèque royale de Bruxelles.

C'est donc à tort que Matteo Zane (*l. c.*) prétend que le Roi s'opposa, autant qu'il put, au voyage de sa sœur, et qu'il lui envoya même, pour l'en dissuader, l'amiral de Castille.

[3] Lettre du cardinal de Granvelle au président de Bourgogne, du 19 janvier 1582. (Archives de Simancas.)

[4] Voir la lettre XX.

agi de même lors du décès du prince don Fernando[1].

Il songeait en ce moment à retourner en Castille, et déjà, par son ordre, des préparatifs de
départ avaient été commencés. La perte de son
fils aîné causa un changement dans ses résolutions; il lui parut important, avant de quitter le
Portugal, d'y faire reconnaître son dernier fils, le
prince Philippe, pour son successeur; dans cette
vue il convoqua les cortès à Lisbonne. Leur réunion exigea plus de temps qu'il ne l'aurait désiré[2].
Ce fut seulement le 30 janvier 1583 que s'accomplit la prestation de serment au nouvel héritier de
la monarchie espagnole[3].

[1] Lettre du cardinal de Granvelle au cardinal de la Baulme, du
16 novembre 1582. (Archives de Simancas.)

Philippe II répondit à Granvelle, qui lui avait adressé des compliments de condoléance, que c'était un coup terrible, surtout ayant
suivi de si près les coups passés *(fuerte golpe ha sido, y tanto más
duele quanto más cerca ha venido de los passados)*, mais qu'il louait
le Seigneur pour tout ce qu'il lui plaisait de faire, se conformant
à sa volonté divine, et le suppliant de se contenter de ce sacrifice
*(Alabo á Nuestro Señor por todo lo que es servido hazer, conformán-
dome con su divina voluntad, y le supplico se contentar con lo hecho).*

L'original de la lettre de Granvelle, sur laquelle est la réponse du
Roi, écrite de la main du secrétaire Mateo Vazquez, se conserve à la
Bibliothèque royale de Bruxelles.

[2] Granvelle écrivait à la duchesse de Parme le 27 janvier 1583 :
« Nous espérions que au xv de ce moys se feroit le serment : mais, à
« ce que je voy, les Portugalois sont plus longz que les Castillans,
« qui n'est pas peu, et sont fondez sur leur gravité, ayants prétendu
« les procureurs des cortès que l'on leur donnast le temps accous-
« tumé pour le voiaige, qu'est de faire tant de lieues par jour, et non
« plus... » (Bibliothèque de Besançon.)

[3] *Memorias de fray Juan de San Gerónimo*, p. 359. — LAFUENTE,
t. XIV, p. 145. — HERRERA (p. 500) donne à cette solennité la date

Le 11 février Philippe partit de Lisbonne avec
l'impératrice sa sœur, laissant le gouvernement
du Portugal au cardinal-archiduc Albert, à qui il
donna pour conseillers l'archevêque don Jorge de
Almeida, Pedro de Alcazoba et Miguel de Moura.
Il prit son chemin par Setubal, Badajoz et Guadalupe. Le 24 mars il arriva au monastère de
Saint-Laurent le Royal; il y demeura trois jours,
pendant lesquels il fit célébrer les obsèques de la
reine Anne[1]. Il entra à Madrid le 28 mars, au
milieu d'un concours immense de peuple qui l'ac-
clamait[2]. Il voulut que le cardinal de Granvelle
l'accompagnât à cette entrée.

Quelques jours après, il retourna au monastère
de Saint-Laurent, pour y passer la semaine sainte
et les fêtes de Pâques, selon sa coutume[3].

du 26 janvier; il se trompe, comme le prouve la lettre du Roi à ses
filles, du 31 janvier, qu'on trouvera plus loin.

[1] *Memorias de fray Juan de San Geronimo*, p. 364.

[2] Le cardinal de Granvelle écrivait, le 3 avril, au prieur de Belle-
fontaine, son cousin : « Le Roy arriva icy lundy dernier en fort bonne
« disposition, et y ha esté receu, et des seigneurs et du peuple,
« avec démonstration d'extrême joie et contentement; et estoit ledict
« peuple si grand, dois une demy-lieue près d'icy jusques au palais,
« et par les places grandes, tant dehors la ville que dedans, et tant
« d'hommes et de femmes aux fenestres et sur les toits, qu'il est quasi
« incroyable; et n'eusse pas pensé que en ceste ville il y eust la moitié
« du peuple que je vidz lors. Les principaulx grands d'Espaigne luy
« ont baisé les mains et congratulé le retour, qui de chemin et qui en
« ceste ville... Sa Majesté porte la barbe un peu plus longue qu'il ne
« soloit (qu'il avoit accoutumé) et ronde, de la façon que la soloit
« porter Sa Majesté Impériale, et comme elle s'est blanchie, ressemble
à Sadicte Majesté Impériale. » (Manuscrits de Besançon.)

[3] Lettre de Granvelle à la duchesse de Parme, du 8 avril. (Archives
Farnésiennes, à Naples.)

La Correspondance que nous publions commence un peu après l'arrivée du Roi à Thomar; elle se continue jusqu'à son retour en Castille. La dernière lettre est datée du monastère de Saint-Laurent le Royal.

Il est à regretter que cette Correspondance ne soit pas complète; un petit nombre de lettres y manque toutefois.

III

Les infantes Isabelle et Catherine étaient filles de la troisième femme de Philippe II, Élisabeth de Valois.

Isabelle naquit, le 12 août 1566, au Bois de Ségovie, où la famille royale était allée passer la saison d'été. Deux années auparavant, précisément à la même époque, la Reine avait eu une fausse couche dont elle avait beaucoup souffert, et ce souvenir inspirait des craintes sur l'issue de sa nouvelle grossesse : aussi la naissance de l'infante causa à toute la cour une joie extraordinaire. Philippe II dit à ceux qui l'entouraient qu'il était le prince le plus content du monde et plus heureux même d'avoir une fille que si c'eût été un fils. Élisabeth déclara, de sa bouche, à l'ambassadeur

de France, le sieur de Forquevaulx, que toujours
il lui avait été indifférent d'avoir fils ou fille :
même, fit-elle, « j'en suis ayse, puisque le Roy
« mon mary me faict entendre qu'il en est plus
« content que d'ung masle [1] ».

Il s'en fallut de peu qu'une catastrophe vînt
faire succéder la tristesse à l'allégresse générale.
Quelques jours avant qu'elle accouchât, Élisabeth
avait été atteinte de la fièvre ; le mal n'avait pas
cessé avec sa délivrance ; il avait empiré au contraire, et il devint si grave que la perte de la Reine
parut imminente [2]. Heureusement qu'une réaction
se produisit qui mit l'auguste princesse hors de
danger.

L'infante reçut le baptême, le 25 août, dans la
chapelle du palais, des mains du nonce du pape,
Gio. Battista Castagna, archevêque de Rossano.
Elle eut pour parrain don Carlos, et la princesse

---

[1] Lettre de Forquevaulx à Catherine de Médicis du 18 août 1566.
(*La Bibliothèque nationale à Paris*, etc., t. II, p. 209.)

[2] Forquevaulx écrivait, le 23 août, à Charles IX : « La Reine a esté
« à deux doigts de la mort. » (*Ibid.*, p. 211.) Et le nonce Castagna
au cardinal Alessandrino, le 25 août : « La Reine a été à l'extrémité. »
(*Les Bibliothèques de Madrid et de l'Escurial, notices et extraits des
manuscrits qui concernent l'histoire de Belgique*, p. 90.)
Le garde des sceaux des Pays-Bas Tisnacq mandait, de son côté, le
22 août, au président Viglius : « Nous nous sommes icy, ces jours
« passez, trouvez, depuis l'accouchement de la Royne, en grant
« doubte de sa disposition et reconvalescence, ayant esté, le lundy
« dernier, en extrême dangier, voire sy avant, comme ce m'est dit,
« qu'elle a esté oncques en l'aultre maladie qu'elle eust passez deux
« ans : mais depuis hier s'est commencé à mieulx se porter... » (Archives du royaume, à Bruxelles.)

doña Juana, sœur du Roi, pour marraine; ce fut don Juan d'Autriche qui la porta, la tint sous les aisselles aux fonts et la rapporta dans la chambre de la Reine. Philippe II vit la cérémonie par une fenêtre secrète [1]. Les noms d'Isabel Clara Eugenia furent donnés à l'infante : le premier, en mémoire de la Reine Catholique, aïeule de Charles-Quint; le deuxième, parce que l'infante était venue au monde le jour de Sainte-Claire; le troisième, pour un vœu qu'avait formé la Reine en voyant passer, à Getafe, près de Madrid, le 14 novembre de l'année précédente, le corps de saint Eugène que l'on conduisait à l'église de Tolède [2].

La nature s'était montrée libérale pour Isabelle. L'ambassadeur de France, Forquevaulx, fait d'elle un portrait qui dut singulièrement réjouir le cœur de la Reine son aïeule : « Ne le dis point « par flatterie », — ainsi s'exprime-t-il dans une de

---

[1] Dépêche du nonce, l'archevêque de Rossano, du 25 août 1566. (*Les Bibliothèques de Madrid et de l'Escurial*, etc., p. 90.) — Dépêche de Forquevaulx à Catherine de Médicis, du 26 août. (*La Bibliothèque nationale à Paris*, etc., t. II, pp. 211 et 212.)

[2] Ce fut la reine Élisabeth elle-même qui le rapporta ainsi à Forquevaulx. Elle lui dit qu'à Getafe « elle voua de faire porter le nom « de saint Eugène au premier fruit que Dieu luy donneroit, en le « requérant d'en faire prière à Dieu, tellement qu'elle pensoit avoir « conceu ceste infante la nuict ensuivant, car elle fut de retour vers « le Roy son mary ». (Dépêche de Forquevaulx du 26 août.)

Le corps de saint Eugène reposait en l'abbaye de Saint-Denis. Charles IX, sur les instances du Roi son beau-frère, en gratifia l'église métropolitaine de Tolède.

ses lettres à Catherine de Médicis — « mais elle
« est fort belle, le front large, le nez un peu
« grand, comme celluy du père, dont elle ne
« ressemble de la bouche, encore qu'on la trouve
« un peu grandette. Bref, ses traits et son teint
« promettent une grande beauté et blancheur[1]. »
Quelques semaines après, il écrit à Catherine :
« L'infante est belle comme le beau jour[2]. »

Le 10 octobre 1567 Élisabeth de Valois mit au
monde, à Madrid, l'infante Catherine[3], qui fut
ainsi nommée en l'honneur de la Reine mère de
France. Son baptême eut lieu le 16. Le parrain
fut l'archiduc Rodolphe, fils aîné de l'empereur
Maximilien II, la marraine la princesse doña
Juana[4].

Élisabeth, depuis ces dernières couches, avait
de la peine à reprendre des forces. Elle était lan-
guissante encore lorsqu'elle devint de nouveau
enceinte. La fatalité voulut que ses médecins se
méprissent sur les symptômes de sa grossesse :
les attribuant à des obstructions, ils voulurent
combattre le mal par des remèdes violents, qui
causèrent à la Reine des faiblesses de cœur, des

[1] Lettre du 18 août 1566 citée plus haut.
[2] Lettre du 13 septembre 1566. (*La Bibliothèque nationale à Paris*, etc., t. II, p. 214.)
[3] Lettres de Forquevaulx à Charles IX et à Catherine de Médicis,
du 10 octobre 1567. (*Ibid.*, p. 249.)
[4] Lettre du garde des sceaux Tisnacq au président Viglius, écrite
de Madrid le 21 octobre 1567. (Archives du royaume, à Bruxelles.)

évanouissements, des vomissements continuels, et enfin la conduisirent au tombeau. Elle expira le 3 octobre 1568, après avoir, une heure et demie auparavant, donné le jour à une fille d'environ cinq mois, bien formée, à laquelle on s'empressa d'administrer le baptême sur le sein de sa mère, quoiqu'elle n'eût que quelques instants à vivre[1]. La mort d'Élisabeth causa en Espagne une affliction universelle[2]. L'ambassadeur For-

[1] Lettre de Philippe II au duc d'Albe, du 5 octobre 1568. (*Documentos inéditos para la historia de España*, t. LI, p. 132.) — Lettre de Forquevaulx à Catherine de Médicis, du 3 octobre. (Le Marquis du Prat, *Histoire d'Élisabeth de Valois*, p. 361.) — Lettres de l'archevêque de Rossano au cardinal Alessandrino, du 3 octobre. (*Les Bibliothèques de Madrid et de l'Escurial*, etc., pp. 114 et 115.) — Lettre du garde des sceaux Tisnacq au président Viglius, du 15 octobre. (Archives du royaume, à Bruxelles.) — Herrera, *Historia general del mundo*, t. I, p. 294.
Nous devons dire qu'une relation envoyée par le secrétaire d'État Çayas au duc d'Albe (*Documentos inéditos*, etc., t. I, p. 133) n'est pas d'accord avec les autres documents ni avec ce que rapportent les historiens. Suivant cette relation, la Reine, un mois après la naissance de l'infante Catherine, se crut de nouveau enceinte; dans cette persuasion, elle fit certaines choses qui altérèrent sa santé : de là le principe de sa maladie. Lorsqu'elle fut devenue effectivement grosse, elle ne se gouverna pas ainsi qu'elle l'aurait dû; détestant les médecines et les médecins, elle cachait à ceux-ci bien des particularités dont il aurait importé qu'ils fussent instruits. A la suite de divers accidents, il lui survint une fièvre, petite d'abord, mais maligne, et qui alla en augmentant de jour en jour jusqu'au onzième, où elle expira. La relation porte qu'elle rendit son âme à Dieu étant en possession de son jugement tout entier et avec une tranquillité telle qu'on eût pu croire qu'elle dormait de quelque doux sommeil (*Dió el alma á Dios nuestro Señor cristianisimamente y con tan grande y entero juicio como si no estuviera enferma, y tan quietamente como si quedava dormida de algun suave sueño*).
[2] « Dolió á todos la perdida de una reina tan moza, agradable, católica, piadosa, modesta, caritativa », dit Cabrera, *Historia de Felipe II*, t. I, p. 597.

quevaulx put écrire, avec vérité, à Catherine de Médicis : « Il n'ȳ a grand ni petit qui n'en pleure, « et tous la regrettent pour la meilleure Reine « qu'ils aient jamais eue et n'y sauroit avoir[1]. » Les dépêches du nonce à Madrid, l'archevêque de Rossano, expriment le même sentiment : « Cet événement — dit le nonce au cardinal Ales- « sandrino — cause à tout le monde une extrême « douleur, parce que tout le monde aimait la « Reine, et l'on ne saurait croire combien elle « était bonne chrétienne, bienfaisante et aima- « ble[2]. » Le garde des sceaux Tisnacq mandait au président Viglius que « la Reine avait été à Ma- « drid tant aimée et plainte et délaissait telle re- « nommée qu'il n'y avait âme vivante qui en sût « dire mal[3] ».

La duchesse d'Albe était la grande maîtresse (*camarera mayor*) de la Reine défunte; elle de-meura chargée du gouvernement des infantes. Catherine de Médicis portait un vif intérêt à ses petites-filles[4]; la duchesse se faisait un devoir de la tenir au courant de ce qui les regardait. On lit

[1] Lettre du 3 octobre ci-dessus citée.
[2] Lettres du 3 octobre ci-dessus citées.
[3] Lettre du 15 octobre ci-dessus citée.
[4] Elle écrivaït à Forquevaulx, quelque temps après la mort de la reine Élisabeth, pour savoir si l'on appelait toujours ses petites-filles : les infantes. Et l'ambassadeur lui répondait : « Le tiltre qu'on donne « à madame Isabeau est, comme auparavant, celui d'infante; aucuns « l'appellent la princesse donne Isabel : mais c'est à la volonté d'un « chascun. » (*La Bibliothèque nationale à Paris*, t. II, pp. 279 et 280.)

dans une de ses lettres [1] : « Hier nous demandâ-
« mes à Son Altesse (Isabelle) ce qu'elle était;
« elle répondit qu'elle était Espagnole et Française.
« Elle apprend le français, afin, dit-elle, d'écrire à
« son aïeule. » Une autre fois (c'était au commencement de 1570), elle écrit à la Reine mère :
« Certes il y a lieu de s'étonner en voyant ce que
« savent Leurs Altesses, et particulièrement la
« dame infante donne Isabelle. Je suis persuadée
« que quiconque la verra la croira beaucoup plus
« âgée, car c'est l'enfant de son âge le plus avancé
« que j'aie vu et le plus heureusement doué [2]. »
La duchesse cependant ne désirait pas conserver
la charge qu'elle avait à la cour, et elle sollicita
du Roi la permission de se retirer dans ses terres;
Philippe II la remplaça, comme gouvernante des
jeunes princesses, par doña Maria Chacon [3].

Élisabeth de Valois avait à peine fermé les yeux
que déjà l'on s'occupait, à Madrid, du choix de
celle qui serait appelée à la remplacer [4] : la Provi-

---

[1] Du 20 mars 1569. (*La Bibliothèque nationale à Paris*, etc., t. Iᵉʳ,
p. 397.)

[2] Lettre du 7 janvier 1570. (*Ibid.*, p. 399.)

[3] Lettre de Forquevaulx du 19 octobre 1570. (*Ibid.*, t. II. p. 315.)

[4] Voir les lettres de l'archevêque de Rossano du 3 octobre citées
p. 23 et le mémoire remis par Forquevaulx, le 15 octobre, au sieur
de Lignerolles, qui retournait à la cour de France. (*La Bibliothèque
nationale à Paris*, t. II, p. 263.)

Herrera, ayant rapporté la mort d'Élisabeth, ajoute : « Y luego se
« començó á tratar que era bien que el Rey Católico, que se hallava
« en buena edad, casasse con la hija mayor del Emperador, etc. »
(*Historia general del mundo*, t. Iᵉʳ, p. 294.)

dence ne lui avait pas accordé de fils, et les Espagnols aspiraient à avoir un prince qui fût, pour la
nation, comme pour la dynastie, une garantie de
stabilité. La cour de France ne négligea aucune
démarche afin que le choix du Roi se fixât sur la
princesse Marguerite, sœur de la feue Reine; Catherine de Médicis alla même jusqu'à faire insi-
nuer à son gendre qu'un refus de sa part pourrait
être tenu à offense par Charles IX, « qui n'était
« pas de si peu de cœur qu'il ne s'en ressentît [1] ».
Mais, à la cour d'Espagne, on était peu porté
pour une princesse française; on trouvait que tous
les enfants de Henri II étaient d'une complexion
faible et malsaine, que ses filles tardaient beaucoup à devenir mères [2]; Philippe II, d'ailleurs, aurait eu des scrupules à épouser sa belle-sœur [3]. Ce
prince se décida donc pour l'archiduchesse Anne,
fille aînée de l'empereur Maximilien; la même
qui avait été fiancée à don Carlos. Le contrat de
mariage fut signé à Madrid le 14 janvier 1570 [4].
L'archiduchesse était âgée alors de dix-sept ans et
demi, étant née à Valladolid le 28 juillet 1552 [5];

---

[1] Lettre à Forquevaulx, du 15 novembre 1568. (*La Bibliothèque nationale à Paris*, etc., t. II, p. 272.)

[2] Deuxième dépêche de l'archevêque de Rossano du 3 octobre ci-
dessus citée. — Autre dépêche du même prélat du 19 novembre. (*Les
Bibliothèques de Madrid et de l'Escurial*, p. 116.)

[3] Dépêche de Forquevaulx à Catherine de Médecis du .. novembre
1568. (*La Bibliothèque nationale à Paris*, etc., t. II, p. 270.)

[4] Dépêche de Forquevaulx du 18 janvier 1570. (*Ibid.*, p. 296.)

[5] Dépêche de Forquevaulx du 11 octobre 1570. (*Ibid.*, p. 315.) —

Philippe II comptait vingt-cinq années de plus.

La nouvelle Reine, ayant pris le chemin des Pays-Bas, monta, à Flessingue, sur la flotte qui devait la transporter en Espagne; elle débarqua au port de Laredo le 3 octobre [1]. Lorsqu'on en reçut la nouvelle au palais de Madrid, l'infante Isabelle (elle n'avait guère alors que quatre ans) fondit en larmes : « Il a été commandé à ses femmes — « écrit l'ambassadeur Forquevaulx — de lui per- « suader que c'est sa propre mère : mais ce sera « difficile, car elle a un esprit et un jugement « d'une fille de quinze ans [2]. » Les noces du Roi et de l'archiduchesse se célébrèrent à Ségovie. Anne d'Autriche fit son entrée à Madrid le 26 novembre. A son arrivée au palais, les infantes, conduites par leur tante la princesse doña Juana, vinrent au-devant d'elle; elles voulaient lui baiser la main; elle ne le permit pas, et elle les embrassa plusieurs fois avec de grandes marques d'affection. Depuis elle les traita comme ses filles, et ce fut sous ses yeux que se continua leur éducation [3]. L'ambassadeur de Charles IX et de Cathe-

---

Il est étrange que, dans l'*Art de vérifier les dates* (article de PHILIPPE II), on fasse naître l'archiduchesse Anne la même année et le même jour que lui.

[1] Dépêche de Forquevaulx à Charles IX, du 18 octobre 1570. (*La Bibliothèque nationale à Paris*, etc., t. II, p. 317.)

[2] Dépêche de Forquevaulx à Catherine de Médicis, du 11 octobre. (*Ibid.*, p. 315.)

[3] Dépêche de Forquevaulx à Catherine, du 21 décembre 1570. (*Ibid.*, p. 322.)

rine de Médicis n'y trouvait à redire qu'en un
point, et c'était qu'on ne faisait pas prendre aux
infantes l'air de la campagne, car la Reine ne sortait guère de ses appartements : « Sa cour —
écrivait Forquevaulx — semble un monastère de
nonnains [1]. »

A l'époque où commence la Correspondance
de Philippe II avec ses filles, l'une, Isabelle, ne
comptait pas encore quinze ans; l'autre, Catherine, n'en avait guère que treize et demi.

IV

L'impératrice Marie, aussitôt après son arrivée
en Portugal, avait fait des instances envers le Roi
son frère pour qu'il mariât l'aînée des infantes à
l'Empereur; le Roi y avait consenti, et l'on s'attendait à ce que cette union s'accomplît à bref
délai [2]. Elle n'eut pas lieu cependant. Quelle en

[1] Dépêche du 4 août 1571 à Catherine de Médicis. (*La Bibliothèque
nationale à Paris*, etc., t. II, p. 340.)

[2] C'est ce qui résulte d'une lettre du 22 juin 1582 du cardinal de
Granvelle à la duchesse de Parme. « Se trouve — écrit-il — l'Impéra-
« trix fort contente d'avoir achevé de tirer du Roy la résolution du
« mariaige de madame l'infante doña Ysabel, fort belle et adroicte prin-
« cesse, avec l'Empereur, sur quoy il y a quelques années que l'on
« faisoit poursuyte, sans que de Sa Majesté l'on peust tirer la finale
« résolution, avec laquelle s'est despesché courrier en Allemaigne,
« et est-l'on en opinion que tost se prendra jour et se donnera la
« forme pour encheminer ladicte dame... » (Bibliothèque de Besançon.)

fut la cause? Philippe II y mit-il des conditions qui n'agréèrent pas à l'Empereur? ou Rodolphe exigea-t-il, comme le bruit en courut, que l'infante lui apportât en dot quelque province de la monarchie espagnole, ce que le Roi ne voulait ni ne pouvait admettre? Nous ne trouvons, ni dans les historiens ni dans les documents que nous avons été à portée de consulter, aucun éclaircissement à ce sujet [1].

Le mariage de l'infante Catherine souffrit moins de difficultés. Cette princesse, selon l'ambassadeur vénitien Matteo Zane, n'était pas aussi jolie ni aussi gracieuse que sa sœur, mais elle était plus allègre, plus joviale [2]. Le Roi songeait, depuis plusieurs années, à lui donner pour époux le duc de Savoie Charles-Emmanuel [3]; il persista dans ce dessein, malgré les démarches que fit Catherine

---

[1] Le 26 février 1583 Granvelle mande à la duchesse de Parme : « Au « mariaige de madame l'infante doña Ylsabel jusques à oyres je n'ap- « perçois qu'il y aie changement quelconque, oyres que l'Empereur « n'a pas encoires envoié ses procures, pour rapporter lesquelles il « debvoit dépescher courrier exprès le mois d'aoust dernier, devant « que de partir d'Ausbourg : dont il n'y a nouvelles. » (Archives Farnésiennes, à Naples.)

Et le 26 février 1584 : « Le courrier de l'Empereur pour respondre « sur le mariaige n'est encoires venu : dont je ne sçays que dire. » (Bibliothèque de Besançon.)

[2] « Non è bella nè graziosa quanto la sorella, ma è più allegre, « più gioviale... » (Relation faite au Sénat en 1584, dans les *Relazioni degli ambasciatori veneti*, d'ALBÈRI, série I, t. V, p. 366.)

[3] « Il y a six ans que l'on commença la négociation de ce mariaige, mis en avant, par le commandement de Sa Majesté, par Antonio Perez », écrit Granvelle à la duchesse de Parme le 21 septembre 1584. (Archives Farnésiennes, à Naples.)

de Médicis afin d'obtenir la préférence en faveur de son fils le duc d'Alençon; il était, à ses yeux, d'une extrême importance, pour la sûreté de ses États d'Italie, pour ses communications avec les Pays-Bas, pour ses rapports aussi avec la France, d'avoir ce prince dans ses intérêts. Le contrat de mariage fut signé, au palais de Chambéry, le 23 août 1584, entre Charles-Emmanuel et le baron Sfondrato, ambassadeur et procureur spécial du Roi Catholique. Philippe II donnait à sa fille une dot de cinq cent mille ducats. Le duc assignait à son épouse un douaire de cent soixante mille ducats et s'engageait à lui payer, chaque année, pour son entretien et celui de sa maison, soixante mille ducats [1].

Il y eut à fixer l'époque et le lieu où se célébrerait le mariage; ces deux points furent fort discutés par les ministres espagnols. Le Roi résolut [2] que les noces se feraient à Saragosse, au printemps

---

[1] GUICHENON, Histoire généalogique de la royale maison de Savoye, Preuves, p. 564.

[2] Le cardinal de Granvelle n'approuva point la détermination du Roi; il écrivait à la duchesse de Parme, le 13 décembre 1584 : « Ce « voiaige, à dire la vérité à Vostre Altèze, me semble fort mal, « mesme que l'on y veult mener monseigneur nostre prince, si délicat, « par si malvais pays et d'extresmes froydures et fort malvais lougis,... « oultre une chierté extresme, pour la faulte si grande qu'il y a, ceste « année, en Espaigne, de bledz, orges et paille... Ce voiaige en ceste « saison coustera la vie à plusieurs : qui me semble mal, puisqu'il se « faict par élection et non par contraincte. Je n'ay failly de le remons- « trer et qu'il ne convient que Sa Majesté mène sa fille au mary, et « l'incommodité qu'il donnera au duc de Savoie et à sa suyte, car il « faudra qu'ilz se pourvoient à Barcelone de montures et carriaiges

de 1585 ; il profiterait de ce voyage pour aller
tenir à Monzon les cortès d'Aragon. Les galères du
prince Doria seraient mises à la disposition du duc
de Savoie, et le transporteraient en Catalogne.

Le 11 novembre 1584 les cortès de Castille,
réunies au monastère de Saint-Jérôme, à Madrid,
reconnurent le prince don Philippe pour héritier
des royaumes de Castille, de Léon et de Grenade
et pour leur Roi et seigneur naturel après la mort
de son père, lui jurant obéissance, révérence,
sujétion et vasselage, ainsi qu'elles y étaient tenues.
L'impératrice Marie, comme infante d'Espagne,
et les princesses Isabelle et Catherine furent les
premières à prêter ce serment [1].

Philippe II partit pour l'Arragon le 19 janvier 1585, avec le prince et les deux infantes,
prenant son chemin par Alcala, Guadalajara,
Brijuega, Uzet et Cariñena. Il fit son entrée à
Saragosse le 24 février. Le duc Charles-Emmanuel avait quitté Turin le 27 janvier ; le 1er février

« avec bien grande incommodité. Le vray seroit d'envoier madame
« l'infante, bien accompaignée, à Barcelone, et que là se fissent les
« nopces, sans ce que Sa Majesté y aille, laquelle, je suis certain, sera
« bien empeschée avec la suyte du duc de Savoie, ne connoissant si
« bien que je faiz les Savoiens et leurs humeurs, lesquelz il trouvera
« bien importuns ; et ne leur donnant satisfaction, et retournans mal
« contens, ilz feront, à leur retour, bien malvais office ; et je congnois
« ceulx de par deçà mal propres pour gaigner les bonnes voulentez
« des estrangiers... J'ay protesté et faict mon debvoir, et, pour obéyr,
« entreprendray le voiaige, puisque Sa Majesté le veult, oyres qu'il
« me semble mal... » (Archives Farnésiennes, à Naples.)
[1] HERRERA, Historia general del mundo, t. II, p. 564 et suiv.

il s'était embarqué sur les galères du prince Doria;
il était arrivé le 18 à Barcelone. Il s'y arrêta quelques jours en attendant des nouvelles du Roi,
auquel il avait envoyé le comte de Pontdevaulx.
Lorsqu'il les eut reçues, il se remit en route.
C'était le 10 mars qu'il était attendu à Saragosse[1].
Ce jour-là Philippe II se porta à sa rencontre jusque hors de la ville; les personnages les plus dis-
tingués de l'Espagne formaient son cortège[2].
Charles-Emmanuel avait aussi une suite nom-
breuse et brillante[3]. Dès qu'il aperçut le Roi, il
mit pied à terre et s'avança, la tête découverte,
pour lui baiser la main; Philippe, qui était de
même descendu de cheval, ne le voulut pas

[1] *Relacion del viaje hecho por Felipe II, en 1585, á Zaragoça,
Barcelona y Valencia; escrita por Henrique Cock y publicada de real
órden por Alfredo Morel-Fatio y Antonio Rodriguez Villa;* 1876,
in-8º.

[2] On y comptait les ducs de Medina de Rioseco, de Medinaceli,
d'Albuquerque, de Maqueda, de Pastraña, le prince d'Ascoli, le connétable de Navarre, les marquis d'Aguilar, de Denia, d'Estepa, de
Cogolludo, de Villanueva, le grand commandeur de Castille donJuan
de Zuñiga, les comtes d'Altaemps, de Fuensalida, de Chinchon, de
Cifuentes, de Buendia, d'Aranda, de Sástago, de Fuentes, de Bel-
chite, d'Uceda, de Valencia, d'Alba de Liste, etc., etc. (*Relacion del
viaje,* etc., etc., pp. 42-44.)

[3] Elle se composait d'une centaine de personnes de la principale
noblesse de Piémont et de Savoie, parmi lesquels étaient Amédée,
frère naturel du duc; Charles-Emmanuel de Savoie, prince de Gene-
vois, fils aîné du duc de Nemours; le baron de Lullin, colonel des
gardes; Enée-Pie de Savoie; Claude de Chalant, baron de Frenie,
grand maître d'hôtel; André Piovana, seigneur de Leyni, général
des galères; les comtes de Pontdevaulx, de Mazin, de Sanfré, de
Malpagua, tous chevaliers de l'Annonciade. (COCK, *Relacion del
viaje,* etc., pp. 49-51. — GUICHENON, *Histoire généalogique de la
royale maison de Savoye,* t. Iᵉʳ, p. 713.)

souffrir; il embrassa le duc, lui disant : « Mon
« fils, soyez le bienvenu. » Le duc repartit : « Sire,
« les paroles me manquent pour exprimer toute
« la joie que j'éprouve de voir Votre Majesté. »
Après ces compliments, ils remontèrent à cheval
et se dirigèrent vers la ville; le Roi voulut que
son futur gendre prît la droite, quoique celui-ci
fît tout ce qu'il put pour s'en défendre. Au palais
ils furent reçus par le prince Philippe. Les pré-
sentations faites et le duc ayant changé d'habits,
le Roi le conduisit dans une salle où étaient, d'un
côté, les deux infantes avec le prince, de l'autre
les cardinaux de Granvelle et de Séville, le nonce,
l'archevêque de Saragosse et l'ambassadeur de
la république de Venise. Là Charles-Emmanuel et Catherine furent fiancés par le cardinal
de Granvelle. Le jour suivant, leur union fut célé-
brée dans la cathédrale par l'archevêque en présence du Roi, du prince, de l'infante Isabelle et
de toute la cour [1]. De grandes fêtes eurent lieu, à
cette occasion, à Saragosse et durèrent une quinzaine de jours [2].

---

[1] Cock, *Relacion del viaje*, etc., pp. 41-57.

[2] Granvelle écrivait, le 28 mars 1585, à la duchesse de Parme :
« L'on ha faict au seigneur duc tout l'honneur possible, et luy ha
« monstré, depuis les nopces faictes, Sa Majesté affection de vray
« père. De ce mariaige peult succéder ung grand bien, si nous nous
« en sçavons servir, et fort grand mal du contraire, comme je l'ay
« discouru bien clair et rond avec Sa Majesté. » (Archives Farnésiennes, à Naples.)

Le 2 avril le Roi, le prince, l'infante Isabelle, le duc et la duchesse de Savoie quittèrent Saragosse pour se rendre à Barcelone; deux jours auparavant, le Roi avait conféré à son gendre les insignes de la Toison d'or. Philippe II entra à Barcelone le 7 mai sans apparat et même sans y être attendu; les Catalans voulaient, pour lui faire une réception solennelle, que son entrée fût accompagnée d'anciennes cérémonies qui lui parurent peu compatibles avec le soin de sa dignité [1].

Les galères qui devaient transporter en Italie les souverains de la Savoie étaient réunies dans le port de Barcelone. Le duc et la duchesse prirent congé, le 13 juin, de la famille royale et montèrent sur le navire préparé pour leur voyage. Les adieux de Catherine à son père furent des plus touchants [2]. Le couple ducal arriva, le 19, à Nice, d'où il passa à Savone; de là il se dirigea, par Mondovi, Savillano, Carignan et Moncalieri, vers Turin, où il fit son entrée en grande pompe le 10 août [3].

Catherine se montra digne, par ses vertus et ses

---

[1] « Entró de noche por excusar ceremonias antiquísimas, mantenidas de los Catalanes por sagradas e inalterables, no convenientes à la grandeza de los presentes reyes... » (CABRERA, *Felipe segundo*, t. III, p. 113.)

Voir aussi COCK, *Relacion del viaje hecho por Felipe II*, p. 128.

[2] *Relacion del viaje*, etc., pp. 133 et 145.

[3] GUICHENON, t. Iᵉʳ, p. 714.

éminentes qualités, du prince illustre dont elle partageait le trône. Un ambassadeur de la république de Venise qui venait de résider pendant plusieurs années à la cour de Savoie, Francesco Vendramin, fait d'elle ce portrait dans la relation qu'il présenta au Sénat en 1589 :

« L'infante Catherine est âgée de vingt-deux ans environ; elle est mère présentement de trois fils et d'une fille; sa complexion est très robuste; elle n'est pas jolie; ses habitudes sont en conformité avec sa naissance. Elle est douée d'un génie très élevé; elle comprend singulièrement toutes choses et en discourt de même; en public elle montre une grande dignité, quoiqu'en particulier elle soit extrèmement affable, et elle tient beaucoup à ce que le seigneur duc, son mari, en use de même; aussi voit-on que, lorsqu'elle est présente, il suit ponctuellement cette règle : ce qui est bien différent de ce qui se pratiquait en d'autres temps. L'infante vit grandement, comme si elle était reine d'Espagne; elle est servie presque de la même manière. Le seigneur duc l'honore tout autant qu'il ferait si elle était reine, la plaçant toujours à sa droite et lui témoignant en public un respect extraordinaire, par où il la fait encore plus respecter des autres : il se flatte de donner ainsi à Sa Majesté Catholique toute la satisfaction possible. Son Altesse,

en un mot, l'aime infiniment : ce qui procède
(outre d'autres raisons tirées du devoir) du jugement de cette princesse, laquelle donne réciproquement au seigneur duc les marques les plus
chaleureuses d'affection. Jamais elle ne s'était
séparée de lui ou ne l'avait perdu de vue avant
que la présente guerre[1] l'eût forcé de s'éloigner;
et jusqu'au temps du départ du seigneur duc
pour la Savoie, ces démonstrations d'amour ré-
ciproque se sont continuées si vivement que
ceux qui avaient quelque occasion de les observer les regardaient plutôt comme l'effet d'une
véritable passion que comme les signes de l'affection qu'on se doit entre époux. Il y a maintenant
plus de six mois qu'ils vivent séparés à cause
de la guerre, et cette absence si longue du seigneur duc, l'infante montre qu'elle la supporte
patiemment[2] : ils se visitent continuellement par
des envoyés exprès et par des courriers, et ils s'é-
crivent presque tous les jours (outre les corres-
pondances d'affaires) pour de simples compliments.

« La vie que la sérénissime infante mène en ce
moment est tout à fait retirée; elle sort à peine
de ses appartements; elle ne va jamais dans

---

[1] Entre le duc et les Suisses, aidés des Français.

[2] Le texte porte : *paçientemente*. N'est-ce pas plutôt *impaçiente-
mente* que l'ambassadeur aura écrit ?

ses jardins, et cela pour montrer à Son Altesse
combien elle est triste de son absence et des
fatigues qu'il endure. Néanmoins elle s'occupe
de toutes les affaires d'État de ce côté-ci des
monts, et on loue extrêmement la prudence et
l'intelligence avec lesquelles elle les traite dans
ses rapports avec les ministres, ainsi que l'exac-
titude et la diligence dont elle use pour les expédier. Quand le seigneur duc se trouvait auprès
d'elle, il avait coutume (comme il le fait encore
à présent par lettres) de lui communiquer toutes
les affaires importantes de l'État, sans lui en
laisser ignorer la moindre. Son Altesse voulait
qu'elle assistât toujours à la signature et aux conseils privés; et c'est l'opinion universelle, que,
quand elle s'y trouvait et qu'elle était invitée à
dire son avis, elle le faisait avec tant de prudence et si excellemment qu'on voyait qu'elle en
savait plus sur les matières d'État que le seigneur duc et tous ses conseillers ensemble : ce
qui se peut très facilement croire, puisqu'elle
a été formée à cette grande école du Roi son
père. Il en résulte que le seigneur duc, autant
par affection que par estime, lui défère beaucoup en toutes choses, et qu'on peut dire, vu
l'autorité qu'elle s'est acquise auprès de Son Altesse par sa prudence et son mérite, qu'il ne se
fait aujourd'hui, dans ce gouvernement, ni plus

ni moins que ce qui plaît à la sérénissime infante [1]... »

[1] « È l'infante donna Caterina in età di ventidue anni in circa,
madre al presente di quattro figliuoli, tre maschi ed una femmina,
di complessione assai robusta, di bellezza più che mediocre, e di
costumi conformi al suo nascimento. Ha un ingegno elevatissimo,
e intende e discorre singolarmente di tutte le cose; conserva in pubblico un grandissimo sussiego, ancorachè sia umanissima in privato,
e le piace che il sig. duca suo marito usi l'istesso termine ancora,
siccome si vede che in presenza di lei egli osserva questa regola molto
puntualmente, con gran distinzione dagli altri tempi. Vive alla
grande la infante come se fosse regina di Spagna, ed è servita quasi
nella medesima maniera; l'onora il sig. duca ancora nell' istesso
modo come farebbe se fosse regina, dandole sempre la banda dritta
e trattando con lei in pubblico con estraordinario rispetto, onde la fa
ancora maggiormente rispettare dagli altri, procurando di dar per
questa strada maggior soddisfazione che sia possibile a Sua Maestà
Cattolica. L'ama in somma Sua Altezza infinitamente : il che deriva
(oltre agli altri debiti rispetti) dal giudizio ancora di quella principessa, usando lei reciproche ed affettuosissime dimostrazioni d'affetto verso il sig. duca, il quale non era mai abbandonato da lei, o
con la persona o con gli occhi, innanzi a questa separazione della
guerra presente; e sino al tempo della partita per Savoia del sig. duca
sono continuate sempre queste dimostrazioni d'amor reciproco così
vivamente, che da chi ne faceva qualche osservazione, erano piuttosto
stimate veramente passioni amorose che solamente segni di debito
affetto di matrimonio. Ma passano ora intorno a sei mesi che vivono
separatamente per occasione della guerra, monstrando però l'infante
di sopportare pazientemente questa così lunga assenza del sig. duca,
visitandosi per persone espresse e per corrieri continuamente, e scri-
vendosi quasi ogni giorno (oltre il bisogno dei negozi), per semplice
complimento.

« La vita che fa al presente la serenissima infante è retirata del
tutto, non uscendo appena delle sue stanze, nè andando mai a vedere
i suoi giardini, per dar segno a Sua Altezza di quanto le prema la sua
assenza e il suo presente travaglio. Ma però intanto attende al governo
di tutte le cose di Stato di qua da' monti, ed è sommamente commen-
data la forma e la maniera ch' ella tiene in tutte le cose con tutti i
ministri del sig. duca, così per la prudenza e per il suo molto sa-
pere, come per l'assiduità e diligenza ch'ella usa in tutte le sue espe-
dizioni. E quando il sig. duca si ritrovava appresso di lei, era solito
(come fa ancora con lettere al presente) di comunicarle per l'ordinario
tutte le cose importanti dello Stato, non le tenendo mai alcuna mi-
nima cosa secreta. Voleva Sua Alteza ch'ella si ritrovasse sempre in

Catherine mourut à Turin le 6 novembre 1597, lorsqu'elle entrait à peine dans sa trente et unième année; elle laissait cinq fils et quatre filles.

Les circonstances de sa mort méritent d'être rapportées. Elle était enceinte de sept mois et souffrait d'un gros rhume. Le duc Charles-Emmanuel se trouvait en Savoie, occupé à repousser les agressions des Français commandés par le connétable de Lesdiguières. Elle apprit qu'il était tombé malade, et cette nouvelle lui causa la fièvre; comme elle fut plusieurs jours sans recevoir de lettres de lui, elle s'imagina qu'il avait succombé; son sang s'échauffa; sa fièvre et son catarrhe devinrent des plus violents; elle mit au monde une fille qui ne vécut point; au milieu de ses douleurs, on entendait, par intervalles, sortir de sa bouche ces paroles : « Le duc mon seigneur « est mort! » Ceux qui l'entouraient ne croyaient

---

segnatura e nei consigli secreti, ed è voce universale che quando ella si trovava in questi luoghi ed era ricercata di dire il parer suo, lo facesse con tanta prudenza e così eccellentemente, che mostrasse assai chiaro di saper più lei delle materie di Stato che non faceva il sig. duca con tutti i suoi consiglieri insieme : la qual cosa si può credere ancora molto facilmente, per essere lei stata allevata in quella gran scuola del re suo padre. Dal che procede che il sig. duca, così per l'affezione come per la stima che fa di lei, le deferisce grandemente in tutte le cose, avendosi lei acquistato tanto appresso di lui con la prudenza e col valor suo, che si può dire che al presente non si faccia in quel governo ne più ne meno di quello che piace alla serenissima infante... » (ALBÈRI, *le Relazioni degli ambasciatori veneti al Senato*, série II, t. V, p. 177.)

pas pourtant que son état fût aussi grave : quand ils avertirent l'archevêque et que ce prélat vint pour lui administrer l'extrême-onction, il la trouva expirante [1].

Elle fut inhumée en l'église cathédrale de Turin.

V

Philippe II, après qu'il avait tenu à Monzon les cortès des royaumes de la couronne d'Aragon et que les représentants de ces royaumes avaient prêté serment au prince son fils, comme à leur futur souverain, quoiqu'il n'eût pas l'âge requis par les *fueros* [2], était allé visiter Valence; il revint en Castille, avec le prince et l'infante Isabelle, au printemps de 1586.

Le 12 mai 1592 il quitta Madrid pour se rendre à Tarazona, où il avait de nouveau convoqué les cortès d'Aragon, ayant à appeler leurs délibérations sur plusieurs affaires importantes; l'infante et le prince étaient encore du voyage. Retenu à Valladolid d'abord, et ensuite au monastère de la Estrella, sur les bords de l'Èbre, par des indispo-

[1] *Relazione dello Stato di Savoia di Fantino Corraro*, 1598, dans ALBÈRI, *Relazioni degli ambasciatori veneti*, Appendice, p. 378.

[2] HERRERA, *Historia general del mundo*, t. II, p. 508. — CABRERA, *Historia de Felipe II*, t. III, p. 135.

sitions assez sérieuses; ayant dû, lorsqu'il lui fut possible de se remettre en route, passer à Pampelune, où il était attendu par les cortès de Navarre, qui avaient aussi à prêter serment au prince Philippe, il n'arriva à Tarazona que le 30 novembre. Les cortès avaient alors terminé leurs travaux; il s'était fait représenter auprès d'elles par l'archevêque de Saragosse, don Andrés de Bobadilla y Cabrera, et, ce prélat étant venu à mourir pendant les délibérations, il l'avait remplacé par le comte de Chinchon, son frère. Il donna son approbation à tout ce que les cortès avaient résolu. Le 4 décembre il prononça la clôture de leur session. Il partit de Tarazona le 5, et le 30 il rentra dans sa capitale [1].

Une affaire de la plus haute importance le préoccupait en ce moment. Depuis la mort de Henri III, le principal objet de son ambition était de faire monter sa fille aînée sur le trône de France : il avait, dans ce but, secouru la Ligue de son argent et de ses armes [2]; deux fois il avait

---

[1] CABRERA, *Historia de Felipe II*, t. III, pp. 601, 605, 607. — HERRERA, t. III, pp. 338, 339, 345. — *Jornada de Tarazona hecha por Felipe II en* 1592, *recopilada por Enrique Cock; anotada por Alfredo Morel-Fatio y Antonio Rodriguez Villa.*

[2] Dans une conférence que, le 14 janvier 1592, don Diego de Ibarra et le président Richardot eurent avec le président Jeannin et M. de la Chastre, députés du duc de Mayenne, ils dirent à ces derniers que le Roi, pour le soutien de la cause catholique en France, ne dépensait pas moins de quatre millions chaque année. Les députés de Mayenne trouvaient que cela ne suffisait pas si le Roi voulait que l'élection de

fait entrer dans le royaume Alexandre Farnèse à la tête de ses meilleurs régiments; il n'avait rien négligé pour s'attacher les personnages influents du parti catholique, distribuant des pensions aux uns, promettant aux autres des dignités qui les auraient faits les premiers de l'État. Il s'était flatté, lorsque Farnèse contraignit Henri IV à lever le siège de Paris, que le parlement s'attribuerait l'autorité de pourvoir à la vacance du trône et que l'infante Isabelle aurait ses suffrages [1]. Cet espoir ne s'étant pas réalisé, il avait fait faire

l'infante Isabelle eût des chances de succès. Suivant eux il devrait, pendant deux années, dépenser au moins de huit à dix millions par an, car il fallait gagner les princes, les gouverneurs et beaucoup d'autres de la noblesse. Ils demandèrent aussi, dans cette conférence, que l'infante, si elle était élue, s'engageât à venir résider en France dans les six mois; que, dans un autre terme de six mois, elle se mariât avec la participation et à la satisfaction des conseillers et ministres de la couronne; qu'elle ne changeât rien aux lois et coutumes du royaume; qu'elle le conservât en entier, etc. (Dépêche du duc de Parme à Philippe II, du 18 janvier 1592 : Archives de Simancas, *Estado,* leg. n° 602.)

Philippe II fut étonné de cette demande. Il écrivit au duc de Parme : « J'ai toujours cru que ceux qui avaient une telle influence qu'il « fallût les gagner à tout prix étaient peu nombreux, et que seul le « duc de Mayenne avait autorité pour faire ou pour empêcher ce qui « lui convenait ou ne lui convenait pas » : *Siempre yo crey que eran pocos los que tenian tanto mano que mereciesen mucho desto, y que solo el duque de Umena es el que tiene autoridad para endereçar y desviar lo que hubiere y no hubiere gana.* (Lettre du 30 mai 1592, *Ibid.,* leg. n° 2220 ²⁰.)

[1] Nous lisons dans une lettre de Philippe II à Farnèse, du 6 novembre 1591 : « Sabeis que he deseado esto (l'élection d'un roi) « desde la hora que fué nombrado por rey el cardenal de Borbon, y « por lo que os encargué, despues de su muerte, que hiciésedes efec- « tuar la eleccion por medio del parlamento de Paris, cuando la so- « corristes... » (Archives de Simancas, *Estado,* leg. 2220 ²⁰.)

les plus vives instances envers le duc de Mayenne
pour que les états généraux fussent convoqués.
Enfin ils venaient de l'être, et c'était à Paris
même qu'ils devaient se réunir. Le 17 janvier 1593 était le jour indiqué pour l'ouverture
de leur assemblée, qui n'eut lieu toutefois que
le 26.

Philippe avait pour ambassadeur à Paris Jean-
Baptiste de Tassis. Quelle que fût sa confiance
dans l'habileté de ce diplomate, il voulut qu'un
personnage d'un rang plus élevé intervînt, en son
nom, auprès des états généraux; il fit choix du
duc de Feria, don Lorenzo Suarez de Figueroa,
qu'il venait d'envoyer, pour être son ambassadeur d'obédience, vers Innocent IX; il lui adjoignit un jurisconsulte, Iñigo de Mendoza, afin que
celui-ci pût, au besoin, établir juridiquement
les droits de l'infante sa fille à la couronne de
France [1].

Nous avons sous les yeux un important docu-
ment dont l'original se conserve aux Archives
royales de Simancas : c'est un précis des instruc-
tions données par Philippe II au duc de Feria [2].

---

[1] « ...Por, si conviniera, fundar en derecho los que sabeis que
« tiene la infanta mi hija mayor á aquella corona », écrivait-il au duc
de Parme le 6 novembre 1591, lorsqu'il croyait prochaine l'assemblée
des états généraux. (Archives de Simancas, *Estado*, lèg. 2220 ᵃ.)

[2] Il est intitulé : *El intento que tiene Su Magestad en las cosas de
Francia, y ha mandado y es servido que se procure encaminar en los
estados generales*. En l'envoyant, le 25 janvier 1592, au marquis de

Les vues de ce monarque, les raisons et les moyens propres à en assurer le succès, y sont exposés sans détour et sans réticence [1].

Nous le résumerons en quelques mots.

Les ambassadeurs devaient, en premier lieu, demander que l'infante Isabelle fût déclarée « reine propriétaire de France [2] », ou que du moins elle fût élue reine. Au cas que l'assemblée nationale n'y voulût pas consentir, ils proposeraient que le choix du roi fût remis à leur maître, qui prendrait pour gendre celui qu'il choisirait. Si cela était également rejeté, ils feraient en sorte que les états appelassent au trône l'un des archiducs frères de l'empereur Rodolphe II. Ayant échoué encore dans cette tentative, ils emploieraient toute leur industrie, toute leur influence, pour faire élire le duc de Guise. Enfin, le duc de Guise n'étant pas agréé de l'assemblée nationale, ils favoriseraient l'élection du cardinal de Lorraine.

Cerralvo, don Juan Pacheco, qui devait aussi se rendre en France pour suivre les négociations avec les états généraux, mais qui mourut avant d'y arriver (CABRERA, t. III, p. 600), Philippe II lui écrivait : « Para vuestra informacion y que sepays enteramente mi intencion y « voluntad en lo que se ha de procurar encaminar, se os embia el « apuntamiento que vereys, que es una sustancia del despacho del « duque de Feria, y en suma lo que se pretende y por mi parte se « ha de procurar enderezar. » (Archives de Simancas, *Estado*, leg. 2220 [2].)

[1] Nous croyons qu'on nous saura gré de le faire connaître. On en trouvera la traduction dans l'Appendice II.

[2] « ...Que declaren á la señora infanta por reyna propietaria... »

On sait que Philippe II ne réussit dans aucune de ses combinaisons. Le parlement s'opposa, par une protestation qui fit grand bruit, à ce que la couronne de France passât sur la tête d'une princesse ou d'un prince étranger; Henri IV prit la résolution de se convertir au catholicisme; le 25 juillet 1593 il abjura dans l'église de Saint-Denis; les portes de Paris lui furent ouvertes le 22 mars de l'année suivante.

Le monarque espagnol voyait par là renversés tous les plans sur lesquels il avait fondé de si hautes espérances. Il ne se découragea pourtant pas; il écrivit à l'archiduc Ernest que, après la mort du duc de Parme, il avait investi du gouvernement des Pays-Bas : « Quoique ce qui s'est « passé en France y ait mis les choses en l'état « qui se voit, il ne convient pas moins aujour- « d'hui qu'auparavant d'y intervenir; au con- « traire, il faut s'en occuper d'autant plus que le « danger de la religion, lequel a toujours été le « fondement de ce qui s'est fait de ma part, s'en « est augmenté... » Il ajoutait : « Le point auquel « présentement se réduit cette affaire de France « consiste dans une bonne guerre ou dans quel- « que traité de paix; et comme un tel traité ne « pourrait qu'être en ce moment plein d'artifice « et préjudiciable à la religion, je suis résolu de « ne pas abandonner la défense de celle-ci, me

« confiant en Dieu, dont c'est la cause, et de faire
« ce que j'ai fait jusqu'à cette heure et plus encore,
« si cela m'est possible. Je l'écris ainsi à Sa Sain-
« teté, afin qu'elle sache ce qu'elle peut attendre
« de moi et que, le sachant, elle détermine,
« comme celui qui est éclairé et assisté du Saint-
« Esprit, ce qu'elle jugera de plus convenable à
« l'autorité du saint-siège et au bien de la chré-
« tienté, lesquels recevraient un si grand coup
« par le règne en France d'un prince qui ne fût
« pas véritablement catholique.[1] »

La « bonne guerre » dont Philippe II parlait
dans cette dépêche, il la soutint, avec des succès
divers, quatre années durant; elle prit fin par le
traité qu'il conclut avec Henri IV, à Vervins, le
2 mai 1598.

---

[1] « Aunque los sucessos que ha habido estos dias en Francia han
puesto las cosas de allá en el estado que se ve, no conviene menos
agora acudir á ellas, sino tanto más quanto es mayor el peligro de la
religion, que ha sido siempre el fundamento de lo que por mi parte se
ha hecho... El punto á que por agora se reduze esto de Francia es
una buena guerra, ó algun tratado de paz; y como esta no podria
dexar de ser al presente cavilosa y perjudicial á la religion, me re-
suelvo, estrivando en Dios, cuya es la causa, de no desamparar la
defensa della, sino hazer lo que hasta aquí y todo lo que más pudiere;
y assí lo escribo á Su Santidad, para que sepa lo que tiene en mí, y
que, por no entenderlo, no dexe de determinar lo que, como quien es
alumbrado y assistido del Spiritu Sancto, viere que conviene más á
la autoridad de aquella sancta sede y bien de la christiandad, que re-
cibiria tan gran golpe de reynar en Francia quien no sea verdadero
cathólico... » (Lettre du 4 juin 1594 écrite de Madrid, aux Archives
de Simancas, *Estado*, leg. 2222.)

VI

Quelle allait être la destinée de l'infante Isabelle, qui, au moment où elle voyait la couronne de France lui échapper, était à la veille d'accomplir sa vingt-huitième année? Le Roi son père, pendant les négociations de Paris, avait manifesté l'intention de lui donner pour époux l'archiduc Ernest; peut-être ses vues étaient-elles encore les mêmes : elles ne purent en tout cas se réaliser; l'archiduc mourut à Bruxelles le 20 février 1595.

En ce temps-là résidait à la cour d'Espagne, comme ambassadeur de la république de Venise, Francesco Vendramin, dont il a été parlé plus haut. Dans la relation que, au retour de son ambassade, ce diplomate lut au Sénat [1], il s'occupait d'Isabelle, et voici comme il s'exprimait : « La « princesse est d'une rare et suprême beauté, « mais elle commence à prendre de l'âge, et elle « a perdu le plus beau temps de sa vie : aussi, « quand on célèbre annuellement son jour de « naissance, elle a coutume de dire, en plaisan- « tant, que le nombre de ses années est devenu

---

[1] Le 4 novembre 1595.

« tel qu'on ferait beaucoup mieux de les dissi-
« muler que de les célébrer. C'est une dame
« d'une vertu éminente et qui mène une vie re-
« tirée comme une religieuse. Elle est fort aimée
« de son père, qui bien souvent lui communique
« les affaires les plus importantes de l'État[1]. »

Isabelle était en effet l'objet de toute l'affection
du Roi. Il ne se pressait pourtant pas de fixer le
sort de cette fille chérie. Averti enfin, par les in-
firmités auxquelles il était de plus en plus sujet,
que son existence aurait un terme prochain, il
résolut, au mois de septembre 1597, de marier
l'infante à l'archiduc Albert et de lui donner en
dot la souveraineté des Pays-Bas.

Il fit part de sa résolution à l'archiduc[2], aux
états, aux conseils collatéraux, aux conseils de
justice, aux chevaliers de la Toison d'or, aux
gouverneurs et aux seigneurs principaux de ces
provinces[3].

---

[1] « ... La principessa, siccome è di rara et suprema bellezza, così è
ormai avanti negli anni, perdendo in tal modo il più bel tempo
dell'età sua; e però, quando ogni anno si celebra il suo natalizio,
suol dire motteggiando che oramai gli anni suoi sono a tal numero
cresciuti che meglio assai sarebbe il nasconderli che il celebrarli.
È virtuosissima signora, e vive perciò vita ritirata come se fosse una
monaca. È amata assai dal padre, il quale bene speso le communica
i più importanti negozj di Stato... » (ALBÈRI, *Relazioni degli ambasciatori veneti al Senato*, série Iⁿ, t. V, p. 447.)

[2] Albert avait remplacé son frère Ernest dans le gouvernement des
Pays-Bas.

[3] Lettres du 10 septembre 1597. (*Collection de documents inédits
concernant l'histoire de la Belgique*, t. Iʳ, pp. 378-390.)

Dans tout le pays elle fut accueillie avec satisfaction [1]. L'avantage d'avoir un souverain qui ré-
sidât parmi eux ne pouvait manquer d'être ap-
précié par les Belges; ils s'en promettaient aussi,
mais en cela ils se faisaient illusion sur les dispositions des Hollandais, la réunion, comme sous
Charles-Quint, des Pays-Bas du midi et du
nord.

Le 6 mai 1598, à Madrid, Philippe II signa les
lettres patentes de donation [2]; le consentement du
prince son fils et l'acceptation de l'infante furent
exprimés dans d'autres lettres portant la date du
même jour; Isabelle, le 30 mai, donna sa procuration à l'archiduc Albert pour que, en son nom,
il prît possession du pays [3].

L'archiduc, ayant reçu ces actes, se mit en
devoir d'y donner exécution. Le 13 juillet, pour
se conformer aux intentions du Roi, il alla déposer, sur l'autel de l'église de Notre-Dame, à
Hal, son chapeau et les autres insignes du car-
dinalat [4]; le 26 il convoqua les états généraux.
Leur assemblée eut lieu à Bruxelles, dans la
grande salle du palais, la même qui avait été té-

---

[1] Voir les réponses faites au Roi dans la *Collection* citée, pp. 393-
421.

[2] HERRERA, *Historia general del mundo*, t. III, p. 766. — DU MONT,
Corps diplomatique, t. V, part. Ire, p. 573.

[3] DU MONT, p. 581.

[4] *Actes des états généraux de* 1600, in-4°, 1849.

moin de l'abdication de Charles-Quint. Le 21 août l'archiduc se rendit au milieu des représentants de la nation, accompagné de toute sa cour, des ministres, des chevaliers de la Toison d'or, des gouverneurs des provinces. Le président Richardot prononça un long discours sur le motif pour lequel les états étaient réunis; les louanges à l'adresse du Roi, de l'infante, de l'archiduc, n'y étaient pas épargnées; il disait d'Isabelle : « Quelle princesse, ô bon Dieu! princesse la plus « religieuse du monde, sainctement nourrie en la « maison du Roy son père, où elle n'a veu que « toute bonté, que toute honnesteté, que toute « vertu et piété, comme si elle eust été tousjours « en ung cloistre de Saincte-Claire! Et si vous me « demandez si elle est apte pour gouverner, qui « doubtera que elle, qui depuis dix-huit à vingt « ans a continuellement esté au costé de son père, « voyant et les consultes dont elle faisoit souvent « rapport, et les résolutions sur les plus grandes « affaires du monde, n'ayt de la prudence et de « l'expérience pour gouverner non-seulement les « Pays-Bas, mais aussi l'entière monarchie de son « père? » Après ce discours, un secrétaire d'État donna lecture des patentes de la cession, du consentement du prince, de l'acceptation de l'infante et enfin du pouvoir de l'archiduc. Le pensionnaire des états de Brabant, Mr Philippe Maes, se leva alors et, au nom des états généraux, répondit au discours qui venait de leur être adressé. Lui aussi parla, dans les termes les plus flatteurs, des nouveaux souverains que les Belges allaient avoir : « Une chose, dit-il, les console de n'estre « plus sous la domination du Roi : c'est que Sa « Majesté a été servie nous bailler pour dame et « princesse sa très chère et très aimée fille, la- « quelle, oultre ses propres vertus et perfec- « tions, indubitablement portera quant et soy la « mesme affection et desbonarité envers ses sub- « jectz qu'elle a prins de nourriture chez Sadicte « Majesté; de plus, estant alliée avec un prince du « nom, du sang et de la famille que nous et nos « devanciers ont eue tousjours en si grande véné- « ration, doué des mesmes vertuz, comme jà il a « donné ample tesmoignage, non-seulement à « toutes ces provinces, mais aussy à plusieurs « princes et pays voisins. » Il termina en disant que les états étaient prêts à prêter serment à l'infante en la personne de l'archiduc, à condition que réciproquement il jurerait de garder et entretenir leurs privilèges, franchises et coutumes. La prestation solennelle des serments se fit le jour suivant, 22 août[1].

Philippe II avait décidé que le mariage de sa

[1] Voir la *Collection* citée, pp. 462-495.

fille se célébrerait en Espagne en même temps
que celui de son fils avec l'archiduchesse Marguerite, fille de l'archiduc Charles de Gratz et de
Marie-Anne de Bavière. Albert partit de Bruxelles
le 14 septembre, laissant le gouvernement des
Pays-Bas, pendant son absence, au cardinal
André d'Autriche [1]. Il prit son chemin par l'Allemagne. Après avoir eu, près de Prague, une en-
trevue avec l'empereur Rodolphe II, son frère,
il alla joindre, à Trente, la future reine d'Espagne; il avait appris en route la mort de Philippe II,
arrivée le 13 septembre. A compter du 29 octobre, Albert voyagea toujours de compagnie avec
la princesse Marguerite et l'archiduchesse sa
mère. Le 9 novembre ils arrivèrent à Mantoue.
Le 13 ils entrèrent dans Ferrare. Clément VIII
s'était porté en cette ville, avec la plupart des
membres du sacré collège, pour bénir les deux
mariages; le 15, dans la grande église, après la
célébration de la messe par le saint-père, Albert,
en vertu de la procuration de Philippe III, épousa
la jeune archiduchesse; ensuite eut lieu son propre mariage avec l'infante Isabelle, que représentait le duc de Sessa, ambassadeur du Roi [2].

L'archiduc et la reine continuèrent leur voyage
le 18 novembre; le 30 ils arrivèrent à Milan, où

---

[1] Il était fils de l'archiduc Ferdinand et de Philippine Welsers.
[2] *Actes des états généraux de 1600*, pp. ii-iv.

ils firent un long séjour, en attendant que tout fût disposé pour leur embarquement à Gênes. Ce fut seulement le 18 février 1599 qu'ils montèrent sur le navire destiné à les transporter en Espagne. La traversée dura au delà d'un mois, la flotte qui les escortait s'étant arrêtée à Toulon et à Marseille. Le 27 mars elle mouilla dans le port de Vinaroz, au royaume de Valence.

Philippe III était à Valence depuis plusieurs jours avec l'infante Isabelle. Le 18 avril la reine et l'archiduc furent reçus avec de grands honneurs dans cette capitale. Les deux mariages eurent le même jour leur entier accomplissement[1]. Isabelle comptait alors trente-deux ans huit mois et six jours; Albert était âgé d'un peu moins de trente-neuf ans, étant né le 13 novembre 1559.

De Valence Albert et Isabelle se rendirent à Barcelone avec Philippe III. Là ils prirent congé du Roi. Le 7 juin ils s'embarquèrent pour passer à Gênes, où ils arrivèrent le 18. Ils en partirent le 30. Le 5 juillet ils étaient à Milan, d'où ils se dirigèrent vers les Pays-Bas par la Suisse et la Lorraine. Ils firent leur entrée solennelle à Bruxelles le 5 septembre[2].

Après avoir donné leurs soins aux affaires les

---

[1] *Actes des états généraux de* 1600, p. IV.
[2] *Actes des états généraux de* 1600, p. V.

plus urgentes de l'État, les archiducs (c'est le titre officiel qu'Albert et Isabelle adoptèrent dans leurs actes) voulurent, à l'exemple de leurs prédécesseurs, se faire inaugurer dans les différentes provinces. Pendant les mois de novembre, de décembre, de janvier et de février ils procédèrent à cette cérémonie dans le Brabant, la Flandre, le Hainaut, l'Artois, la seigneurie de Malines, le Tournaisis, les châtellenies de Lille, Douai et Orchies. L'inauguration dans le Luxembourg, la Gueldre et le comté de Namur fut remise à plus tard, à cause des rigueurs de l'hiver[1].

La situation des Pays-Bas, au moment où Albert et Isabelle[2] en devenaient les souverains, était déplorable. Trente années de guerre intestine et de guerre étrangère y avaient tari toutes les sources de la prospérité publique, et ce n'était pas sans raison que les états d'Artois, répondant aux lettres de Philippe II du mois de septembre 1597 dont nous avons parlé, déclaraient que ces provinces étaient « les plus comblées de mi-« sère qui fussent en l'Europe[3] ». Les archiducs

---

[1] *Actes des états généraux de* 1600, pp. vi et vii.

[2] Nous trouvons dans la correspondance du résident de France à Bruxelles, Péricard, cette particularité qu'Isabelle, lorsqu'elle parlait de son mari, disait toujours : *Mon cousin.* (Lettre du 28 janvier 1619 au secrétaire d'État de Puysieulx : Bibliothèque nationale, à Paris, Ms. fr. 16132, pièce 12.)

[3] *Collection de documents inédits concernant l'histoire de la Belgique*, t. Ier, p. 399.

firent tout ce qui était en leur pouvoir pour adoucir les maux dont elles étaient accablées; le pays leur dut deux actes importants : la paix avec l'Angleterre qui fut signée le 28 août 1601; la trève de douze ans conclue avec les Provinces-Unies, le 9 avril 1609, à Anvers. Les Belges purent enfin respirer, et l'agriculture, le commerce, l'industrie, reprendre quelque activité.

« Albert et Isabelle — dit le président de Neny — aimaient la paix et désiraient vivement de mettre fin aux calamités de leurs provinces. Pendant le peu de repos que leur donna la trève, ils s'appliquèrent à rétablir l'ordre public dérangé par une guerre civile de quarante années, à remettre en vigueur les belles lois de Charles-Quint, et à y ajouter de nouvelles dispositions pour fixer invariablement différents points capitaux de la jurisprudence du pays. Ils rassemblèrent ces objets dans l'édit perpétuel, daté de Mariemont le 12 juillet 1611, qui fut comme un nouveau code pour les Pays-Bas, contenant un recueil de lois sur l'homologation des coutumes municipales des justices, les formalités des testaments, les fidéicommis, les contrats civils, les registres des baptêmes, des mariages et des sépultures, les prescriptions, les successions, la punition des crimes et d'autres objets de cette nature, tous également intéressants pour la tranquillité des citoyens. Ces princes accordèrent d'ailleurs une protection constante aux sciences et aux arts [1]... »

Albert mourut le 13 juillet 1621 [2]. Depuis plusieurs années il était cruellement tourmenté de la goutte; sa faiblesse était devenue si grande qu'on entendait à peine les paroles qui sortaient de sa bouche [3]. Sa fin fut toutefois douce et tranquille; jusqu'à la dernière heure il conserva l'esprit et le jugement; le matin même de sa mort il s'était encore entretenu d'affaires avec le marquis Spinola [4]. Son corps, revêtu de l'habit de cordelier, ainsi qu'il en avait exprimé le désir, fut exposé sur un lit de parade, pendant quatre jours, en la

[1] *Mémoires historiques et politiques sur les Pays-Bas autrichiens,* 4ᵉ édition, t. Iᵉʳ, p. 85.

[2] Une curieuse particularité sur ce prince est consignée dans une dépêche adressée, le 24 septembre 1608, au secrétaire d'État de Puysieulx, par le ministre de Henri IV à la cour de Bruxelles, Mathieu Brulart, sieur de Berny. « L'archiduc — écrit ce diplomate — ne signe « jamais qu'à dix heures du soir, avant de se mettre au lit. » (Bibliothèque nationale à Paris, fonds franc., Ms. 1628, fol. 291.)

[3] Le résident de France à Bruxelles, Péricard, écrivait su secrétaire de Puysieulx le 22 janvier 1621 : « Je fus avant-hier au palays et « trouvay Son Altèze en sa chambre, où il couche assis dans sa chaise, « ses jambes ne le pouvant plus porter il y a longtemps; le visage et « le teint assez bon, mais fort atténué, et le son de sa voix si bas que, « prestant l'oreille fort près contre sa bouche, je vous jure, Monsieur, « que je n'en ay peu comprendre qu'une partie qui me faisoit deviner « l'autre... » Et dans une lettre du 25 février suivant, où il mandait que l'archiduc lui avait donné audience au lit : « Je vous asseure que « ce bon prince n'a plus ni voix ni prolation (prononciation) aucune « de parole que j'aye peu entendre, encore que j'approchasse de fort « près l'oreille à sa bouche, et la pitié me faict appréhender une subite « expiration, comme d'une chandelle estant sur sa fin. » (Bibliothèque nationale à Paris, Ms. fr. 16133, pièces 75 et 86.)

[4] Lettre de Péricard du 16 juillet. (Ms. cité, pièce 146.)

chapelle du palais. Ses funérailles se firent le 11 et le 12 mars de l'année suivante, avec une pompe toute royale. Le cercueil qui renfermait ses restes fut déposé à Sainte-Gudule dans un caveau de la chapelle du Saint-Sacrement de Miracle [1].

Il serait difficile d'exprimer la douleur qu'Isabelle ressentit de la perte de son époux, car son attachement pour lui était très vif [2]. A l'instant même où il venait de rendre le dernier soupir, elle prit l'habit de cordelière et se retira dans une chambre obscure du palais; elle voulait faire couper sa chevelure, on eut beaucoup de peine à l'en empêcher [3]. Pendant bien des mois elle ne quitta point le réduit où elle s'était confinée [4].

---

[1] *Coleccion de documentos inéditos para la historia de España*, t. XLIII, p. 221. — *Histoire de la ville de Bruxelles*, par MM. Henne et Wauters, t. II, pp. 34-37.

[2] Le résident français Péricard, dans une lettre du 27 mars 1620 au secrétaire de Puysieulx, parlant d'une maladie dont l'archiduc venait de relever, dit : « Il a commencé à sortir et à se promener en carrosse « avec l'infante, QUI EST UNE UNION ET COMPAGNIE INSÉPARABLE. » (Bibliothèque nationale à Paris, Ms. fr. 16132, pièce 154.)

[3] Lettre de Péricard à M. de Puysieulx, du 16 juillet 1621. Ce diplomate ajoutait : « Elle a aussi chassé tous ses chiens, perro- « quetz et guenons. » (Bibliothèque nationale à Paris, Ms. fr. 16133, pièce 146.)

[4] Dans une lettre du 6 août 1621, Péricard rend compte d'une audience que, par une faveur particulière, l'infante lui a donnée, ce jour-là, ainsi qu'à M. de Hocquincourt, envoyé par la reine de France pour lui faire des compliments de condoléance. Il écrit : « Nous l'a- « vons trouvée, dans sa petite chambre, mais plustot cellule téné- « breuse, où nous avons esté conduictz par le marquis Spinola seul, « vestue d'ung habit de drap gris, couverte d'une mante noyre qui « luy couvre le visage, laquelle elle a levée jusques aux yeulx pour « l'amour de nous : ce qu'elle n'avoyt encore faict à personne qui « vive. » (*Ibid.*, pièce 156.)

Par la mort de l'archiduc Albert les Pays-Bas, suivant les lettres du 6 mai 1598, retournaient à la monarchie espagnole. En prévision de cet événement, la cour de Madrid·avait, du vivant de Philippe III [1], fait expédier et transmis à son ambassadeur à Bruxelles des patentes qui conféraient à l'infante le gouvernement de ces provinces pendant toute sa vie, avec les mêmes prérogatives dont elle avait joui lorsqu'elle en était la souveraine. Ce ne fut pas sans difficulté qu'Isabelle se décida à accepter cette charge : « Son humeur — « écrit le résident de France Péricard — était plu- « tôt portée à une retraite et vie solitaire et reli- « gieuse [2]. » Le 15 juillet, en séance plénière du conseil d'État, les sceaux des archiducs furent rompus et remplacés par ceux de Philippe IV [3].

Pendant la vie d'Albert, Isabelle ne s'était guère mêlée des affaires de l'État; elle en prit un grand souci dès qu'elle se fut chargée du fardeau du gouvernement. Les archives de Bruxelles abondent en témoignages de l'application comme de la sagacité qu'elle y apportait [4], et nous trouvons, dans la correspondance du résident français

---

[1] Ce monarque mourut le 31 mars 1621.

[2] Lettre du 16 juillet ci-dessus citée.

[3] *Ibid.*

[4] Péricard, dans une lettre du 22 février 1622, à propos d'une maladie que l'infante venait d'avoir, dit que « c'est pour le trop grand « travail d'esprit qu'elle prend en toutes sortes d'expéditions et d'af- « faires ». (Bibliothèque nationale à Paris, Ms. fr. 16134, pièce 14.)

à sa cour, Péricard, avec le secrétaire d'État de Puysieux, un exemple remarquable de son aptitude aux choses mêmes qui auraient semblé le plus devoir lui être étrangères. Louis XIII avait, au mois d'août 1621, mis le siège devant Montauban, qui était occupé par les huguenots. Cette entreprise ne fut pas heureuse; les assiégés repoussèrent à plusieurs reprises les attaques des troupes royales, qui subirent des pertes notables et furent enfin obligées, le 2 novembre, de battre en retraite. Quelques jours auparavant, dans une audience donnée à Péricard, Isabelle s'était fort particulièrement informée de l'état du siège. « Elle m'en parla — écrit ce diplomate — en « termes de capitaine, et me dict qu'après une « longue patience du siège d'Ostende, rien n'en « avoit tant avancé la réduction que les plate-« formes bien faictes et le canon que l'on y feit « monter; qu'elle désireroit à Sa Majesté ung bon « ingénieur bien expérimenté dont il avoit be-« soing, à ce qu'on luy a mandé, et qu'en ung « mesme temps Sa Majesté devoyt faire jouer « troys batteries et donner l'assault de toutes « partz, afin que ceulx de dedans soyent occupez « à les deffendre, au lieu qu'une seule batterye et « assault attiroyt toute leur force et leur puissance « entière pour y résister. » Péricard ajoute : « Vous « ne sçauriez croyre, Monsieur, en quelz termes

« cette princesse parle de la guerre et d'un siège
« de ville[1]. »

Dans les derniers jours de novembre 1633 Isabelle tomba dangereusement malade; elle expira
le 1ᵉʳ décembre, à quatre heures et demie du
matin[2]. Son corps, revêtu de l'habit du tiers
ordre de Saint-François, comme l'avait été celui
de l'archiduc son époux, fut exposé sur un lit de
parade, au milieu d'une chapelle ardente. Trois
jours après il fut placé dans un cercueil en chêne
recouvert d'une boîte de plomb. Il demeura dans
la chapelle du palais jusqu'en 1650, que l'archiduc
Léopold le fit transporter à l'église de Sainte-Gudule, où on le déposa dans le caveau qui renfermait les restes de l'archiduc Albert[3].

Isabelle fut regrettée des peuples des Pays-Bas[4],
qu'elle avait gouvernés, selon la remarque du
président de Neny, avec beaucoup d'équité, de
douceur et de modération[5]. « Ceste perte » — écri·

---

[1] Lettre du 29 octobre 1621. (Bibliothèque nationale à Paris, Ms.
fr. 16133, pièce 184.)

[2] Dépêches du marquis d'Aytona à Philippe IV, du 29 novembre et
du 1ᵉʳ décembre. (*Actes des états généraux de* 1632, t. II, p. 592.)

[3] *Histoire de la ville de Bruxelles*, par MM. HENNE et WAUTERS,
t. II, p. 52.

[4] Le secrétaire de la légation de France, Brasset, écrivait, le 20 janvier 1623, au secrétaire d'État de Puysieulx, que le peuple faisait entendre de grandes plaintes et clameurs, « lequel — ajoutait-il — je
« vous puys asseurer ne se contenir dans le devoir que par le seul res-
« pect de l'infante, qui est comme leur ange tutélaire ». (Bibliothèque
nationale à Paris, Ms. fr. 16134, pièce 101.)

[5] *Mémoires historiques et politiques sur les Pays-Bas autrichiens*,
4ᵉ édition, t. Iᵉʳ, p. 186. — Un historien espagnol n'hésite pas à dire

vaient aux états du duché de Luxembourg leurs
députés aux états généraux en ce moment assem-
blé à Bruxelles, — « ceste perte sera bien sensible
« à tous les bons vassaulx du Roy[1]. » Et le conseil d'État, en l'annonçant aux provinces, put
leur dire, sans avoir à craindre d'être démenti :
« Sa mort a servy de miroir de sa vie, que vous
« sçavez avoir esté pleine de piété et d'autres
« vertus incomparables qui la rendront chérye et
« respectée par tout le monde[2]. »

VII

Il ne faut pas s'attendre à trouver, dans les
lettres de Philippe II à ses filles[3], des révélations
politiques ou diplomatiques ni des appréciations
sur les choses et sur les hommes qui occupaient
les pensées du monarque. Ce sont des lettres tout

qu'Isabelle surpassa les plus vénérables dames que l'antiquité ait cé-
lébrées comme héroïques : « Excedió á las más venerables matronas
« que celebró por heroicas la antiguedad. » (MATIAS DE NOVOA, Historia de Felipe IV, dans le tome LXIX des Documentos inéditos,
p. 267.)

[1] Actes des états généraux de 1632, t. II, p. 692.

[2] Lettre circulaire du 29 décembre 1621. (Ibid., p. 305.)

[3] On remarquera que toutes ces lettres (excepté les trois dernières
adressées par Philippe II aux infantes pendant son voyage de retour
en Espagne) sont écrites le lundi : c'est que, le mardi de chaque semaine, un courrier était expédié à Madrid, porteur des dépêches du
Roi. (Voir la lettre XIII.)

intimes, des entretiens, s'il est permis de s'exprimer ainsi, d'un père avec ses enfants; et peut-
être n'en paraîtront-elles que plus curieuses, étant
donné l'opinion que l'on a généralement de celui
qui les a écrites.

Les événements publics occupent donc peu de
place dans la Correspondance que nous mettons
au jour. Nous n'avons guère à citer, sous ce rapport, que la lettre du 1ᵉʳ mai 1581 où Philippe II
fait part aux infantes de la cérémonie dans laquelle les cortès du royaume de Portugal, réunies à Thomar, l'ont reconnu pour leur souverain; celle du 10 juillet de la même année où il
leur mande qu'il vient d'expédier aux Tercères,
après l'avoir passée en revue, une flotte portant
deux mille hommes de troupes destinés à combattre les partisans du prieur don Antonio; celle
du 31 janvier 1582 où il leur annonce que les
cortès, assemblées à Lisbonne, ont prêté serment
au prince Philippe, devenu son héritier par la
mort du prince don Diego.

Philippe II s'attache particulièrement à tenir ses
filles informées de ce qui regarde sa personne et
la façon dont il emploie le temps qu'il ne consacre
pas aux affaires de l'État.

Les détails qu'il leur donne sur ses excursions
d'Almada à Lisbonne au mois de juin 1581 [1], de

¹ Lettre IV.

Lisbonne à Cascaes et à Cintra dans les derniers jours du mois de septembre de la même année[1], ne seront pas lus sans intérêt. Le récit de son voyage lorsque, au mois de mai 1582, il se porta jusqu'à Almeirim au-devant de l'impératrice Marie[2], contient des particularités que l'histoire ne dédaignera pas de recueillir.

Personne ne s'étonnera que ses visites aux églises et aux monastères, sa participation aux cérémonies religieuses, fassent l'un des principaux sujets de sa correspondance. On sait qu'il était très-ponctuel dans l'observation des exercices de piété, quoiqu'il lui arrivât de s'endormir quand les sermons avaient une trop longue durée[3]. Il se dispensait, toutefois, ainsi qu'il nous l'apprend, d'entendre les matines[4].

Il ne manque pas de signaler à ses filles les processions auxquelles il assistait ou qui défilaient sous ses fenêtres : il prend le soin de leur expliquer en quoi ces processions ressemblent à celles de Madrid, en quoi elles en diffèrent[5].

Il les entretient aussi des autodafés qui se célé-

---

[1] Lettre VIII.

[2] Letre XX.

[3] C'est ce qu'il dit lui-même dans une lettre (sans date) écrite aux infantes et qui est aussi aux Archives de Turin : « Antier pedricó el « vicario, y nos dió al cabo las buenas pasquas ; y no sé qué se fué que « se me hizieron los más largos sermones que he uydo en my vida, « aunque dormy parte dellos. »

[4] Lettre XIII.

[5] Lettres VII, XII, XIX, XXIV.

braient à Lisbonne. Il fait remarquer aux infantes
que ces solennités sont moins longues en Portugal
qu'en Castille. Il avait cependant passé quatre
heures à celle du 1er avril 1582, et il s'était retiré
de la maison où il avait pris place pour la voir,
seulement lorsque la justice séculière allait y condamner au supplice du feu les malheureux remis
entre ses mains par les inquisiteurs [1].

Les courses de taureaux ne sont pas oubliées
par lui [2] : c'était la place même où son palais était
situé qui leur servait de théâtre; les habitants de
la capitale du Portugal n'y prenaient pas moins
de plaisir que la population madrilène.

Philippe II parle encore à ses filles de bien
d'autres choses : par exemple, il leur décrit le
salut qui se chantait, les samedis, sur les galères
de la flotte royale [3]; à propos d'une saignée faite
à l'archiduchesse Marguerite, sa nièce, il leur ra-
conte une coutume qui s'observait en Allemagne
et suivant laquelle, la première fois qu'une personne était saignée, elle recevait des présents de
ses amis et de ses serviteurs [4], etc., etc.

Mais dans tout cela ne réside pas le véritable
intérêt de ses lettres. Ce qui les fera lire, c'est la
tendresse qu'il témoigne à ses enfants, le souci

[1] Lettres XVIII et XIX.
[2] Lettres XXV, XXVI.
[3] Lettre V.
[4] Lettre XXII.

qu'il prend de leur bien-être, de ce qui peut leur donner quelque satisfaction; ce sont, en un mot, ses sentiments de père : sous ce rapport, comme l'a si bien dit M. Henry Trianon [1], elles révèlent un Philippe II entièrement nouveau.

On verra qu'il n'en est presque aucune où il ne s'enquière de la santé, du développement des infantes, de leurs frères et de leur petite sœur Marie; il entre là-dessus dans les moindres détails, jusqu'à s'occuper des dents qui viennent à ses plus jeunes rejetons [2].

Isabelle et Catherine l'avaient quitté depuis quinze mois; il veut savoir de combien elles ont grandi dans cet intervalle; il leur demande leurs mesures, ainsi que celle du prince don Diego [3].

Cet enfant, qu'il croyait destiné à monter, après lui, sur le trône d'Espagne, est l'objet de sa sollicitude particulière. Il recommande à ses filles de le stimuler, afin qu'il sache bientôt lire et écrire [4]; il approuve qu'il prenne des leçons de danse [5]; il tient surtout à ce qu'il entende le portugais, car cette langue lui sera nécessaire pour s'entretenir avec les personnes de Lisbonne qui iront le voir [6]. Hélas! le pauvre prince n'en devait

[1] Voir le *Constitutionnel* du 13 octobre 1882.
[2] Lettres II, XIII, XIV, XV.
[3] Lettre XVII.
[4] Lettre IX.
[5] Lettre XVI.
[6] Lettres XXIII, XXVI.

pas avoir besoin; ses jours étaient comptés quand son père se préoccupait de son avenir.

Philippe II a toute sorte d'attentions pour ses filles.

Une fois il leur envoie un cachet qui servira à sceller leurs lettres : c'est le premier qui ait été gravé avec les armes de Portugal[1]; une autre fois il leur adresse des pardons et des *Agnus Dei* qu'il tient du cardinal Riario, légat du pape[2]; d'autres fois encore ce sont des fruits, des fleurs, des porcelaines, de la cire à cacheter apportée des Indes et d'autres objets qu'il fait rassembler pour leur être expédiés[3].

Il ne néglige pas ce qui peut servir à leur instruction, témoin ce qu'il leur écrit sur l'usage à faire des tables des Calendriers perpétuels, après la réformation du pape Grégoire XIII[4].

Le croira-t-on? Il arrive à ce « sombre » Philippe II de plaisanter avec ses filles : c'est ainsi qu'à propos des dents venues à leur petite sœur, il leur dit que ce doit être à la place de celles qu'il est à la veille de perdre[5].

Il veut aussi leur montrer qu'il lit soigneusement leurs lettres, car il fait remarquer à l'aînée,

---

[1] Lettre Ire.
[2] Lettre XI.
[3] Lettres XIII, XXVII.
[4] Lettre XXVII.
[5] Lettre XIII.

Isabelle, qu'elle a écrit dans un mot un *o* pour un *a*, et qu'elle a oublié un autre mot [1]. Il n'attachait pourtant pas assez d'importance à ces lettres pour les conserver : nous tenons de lui-même qu'il les jetait au feu, après les avoir lues [2].

Une chose qui excitera quelque surprise, c'est le Roi recourant aux infantes pour savoir l'âge de son fils aîné et l'époque où son autre fils a reçu le baptême ; il ne se ressouvenait plus avec précision de l'une ni de l'autre date [3].

Si la Correspondance que nous publions fait apparaître sous un jour nouveau les sentiments paternels de Philippe II, à un autre point de vue encore elle modifiera l'idée qu'on s'est faite jusqu'ici du monarque espagnol : nous voulons parler de sa familiarité avec ses serviteurs domestiques. Il y a surtout une *Madeleine* [4] envers la-

---

[1] Lettre XIX.

[2] Lettre XXIII.

[3] Lettre II.

[4] Je me suis donné toutes les peines possibles pour savoir quels emplois remplissaient dans la maison royale cette Madeleine et les autres serviteurs dont les lettres de Philippe II font mention : Cabrera, Caranda, el Calabrés, Morata, Tofiño, Luis Tristan, Valencia, etc.

J'ai écrit à M. Diaz, directeur des Archives royales de Simancas, qui m'a répondu que ce grand dépôt ne renferme point d'états du personnel domestique de la maison de Philippe II.

Des recherches ont été faites, grâce à l'intervention bienveillante de M. Cánovas del Castillo, à qui je ne saurais trop exprimer ma gratitude, dans les Archives du palais, à Madrid ; elles n'ont eu que peu de résultats.

Je n'ai pu davantage me renseigner sur les fonctions dont étaient chargées, auprès des infantes, plusieurs dames citées dans cette Correspondance.

quelle il se montre d'une mansuétude extraordinaire : il tolère qu'elle se fâche contre lui à propos de quelques observations qu'il lui fait et qu'elle le menace même de s'en aller; il a pour elle les plus grands égards [1]. Cette Madeleine devait être, depuis de longues années, au service de la maison royale; une de nos lettres la représente comme « vieille, sourde et à moitié caduque [2] » : ce qui n'empêchait pas que les pieds lui démangeassent quand elle entendait un air de danse [3], et qu'elle aimât beaucoup les courses de taureaux [4]. Au mois de septembre 1582 elle tomba malade; il fallut la saigner : à cette occasion, selon l'usage d'Allemagne, l'impératrice Marie lui fit présent d'une chaîne d'or, et elle reçut des bracelets de l'archiduchesse Marguerite [5].

Citons aussi un *Morata* [6], à qui Philippe II donne des nouvelles de ses filles, « afin » — leur écrit-il — « qu'il ne soit pas mal avec moi, bien « que quelquefois il le soit trop, cependant pas « autant qu'il en avait coutume [7] ».

---

[1] Lettres IV, IX, XIV.
[2] Lettre XIII.
[3] Lettre XXII.
[4] Lettre XXV.
[5] Lettre XXVI.
[6] Dans les Archives du palais, à Madrid, se trouve un extrait d'inventaire dressé au temps de Philippe II, où est décrit certain tableau qui représentait un *Morata*, qualifié de fou du Roi (*loco que fué del Rey nuestro señor*). Serait-ce de ce Morata que Philippe II parle dans ses lettres ?
[7] Lettre XXII.

On savait que Charles-Quint avait été familier avec ses serviteurs; on n'aurait pas cru qu'il en eût été de même de son fils.

Un dernier mot sur la traduction qui accompagne cette Correspondance de Philippe II.

Je me suis efforcé de rendre, aussi exactement, aussi littéralement qu'il m'a été possible, le sens des textes originaux : mais je suis loin de me flatter d'y avoir toujours réussi; il y a, dans ces lettres intimes, des expressions, des passages faits pour embarrasser des personnes plus versées que je ne le suis dans la langue castillane.

Je réclame l'indulgence pour les erreurs que je puis avoir commises.

APPENDICES

APPENDICE I.

LETTRES DE PHILIPPE II A L'INFANTE CATHERINE,

DUCHESSE DE SAVOIE,

CONSERVÉES DANS LES ARCHIVES ROYALES DE TURIN.

(Voir page 1.)

I. De Balaguer, 26 juin 1585.

II. De ......, 17 juillet 1585.

III. De Monçon, 3 août 1585.

IV. De Monçon, 23 août 1585.

V. De Monçon, 3 octobre 1585.

VI. De Monçon, 5 novembre 1585.

VII. De ......, 2 janvier 1586.

VIII. De Valence, 16 février 1586.

IX. De Sant Lorenço, 10 avril 1586.

X. De Madrid, 27 avril 1586.

XI. De Sant Lorenço, 28 juillet 1586.

XII. De Sant Lorenço, 28 juillet 1586.

XIII. De Sant Lorenço, 27 août 1586.

XIV. De Sant Lorenço, 12 septembre 1586.

XV. De Madrid, 20 novembre 1586.

XVI. Du Pardo, 14 mars 1587.

XVII. De Sant Lorenço, 12 avril 1587.

XVIII. De Aranjuez, 28 mai 1587.

XIX. De Madrid, 2 juillet 1587.

XX. De Madrid, 23 juillet 1587.

XXI. De Sant Lorenço, 17 août 1587.

XXII. De Madrid, 13 décembre 1587.

XXIII. De Madrid, 12 mars 1588.

XXIV. De ...., 3 août 1588.

XXV. De Sant Lorenço, 9 août 1588.

XXVI. De Sant Lorenço, 18 septembre 1588.

XXVII. Du Pardo, 8 novembre 1588.

XXVIII. De Madrid, 5 décembre 1588.

XXIX. De Madrid, 22 février 1589.

XXX. De Madrid, 9 mars 1589.

XXXI. De Sant Lorenço, 7 mai 1589.

XXXII. De Sant Lorenço, 22 juin 1589.

XXXIII. De Sant Lorenço, 6 juillet 1589.

XXXIV. De Sant Lorenço, 19 août 1589.

XXXV. De Sant Lorenço, 4 septembre 1589.

XXXVI. De Sant Lorenço, 12 septembre 1589.

XXXVII. De Sant Lorenço, 18 septembre 1589.

XXXVIII. De Sant Lorenço, 23 octobre 1589.

XXXIX. De Aranjuez, 26 novembre 1589.

XL. De Madrid, 4 janvier 1590.

XLI. De Madrid, 12 février 1590.

XLII. Du Pardo, 6 mars 1590.

XLIII. De Madrid, 29 avril 1590.

XLIV. De Sant Lorenço, 14 août 1590.

XLV. De Sant Lorenço, 9 octobre 1590.

XLVI. De Sant Lorenço, 19 octobre 1590.

XLVII. Du Pardo, 20 novembre 1590.

XLVIII. Du Pardo, 5 décembre 1590.

XLIX. De Madrid, 24 décembre 1590.

L. De Madrid, 21 janvier 1591.

LI. De Madrid, 7 février 1591.

LII. De Madrid, 10 mars 1591.

LIII. De Madrid, 24 mars 1591.

LIV. De Madrid, 28 mars 1591.

LV. De Madrid, 28 avril 1591.

LVI. De Tolède, 10 juin 1591.

LVII. De Sant Lorenço, 3 juillet 1591.

LVIII. De Sant Lorenço, 9 septembre 1591.

LIX. De Sant Lorenço, 15 octobre 1591.

LX. Du Pardo, 28 octobre 1591.

APPENDICE II.

LE BUT DE SA MAJESTÉ DANS LES AFFAIRES DE FRANCE,
ET CE QU'ELLE A ORDONNÉ ET VEUT QU'ON TACHE D'OBTENIR
DES ÉTATS GÉNÉRAUX [1].

(Voir page 43.)

Le Roi désire beaucoup qu'on donne aux affaires de France l'ordre qui convient pour la conservation de la cause catholique, le bien et le repos des habitants de ce royaume, car il est pénétré des souffrances qu'ils endurent aujourd'hui. Il veut qu'on s'occupe de cet objet avec la chaleur et l'activité qu'exige une affaire aussi grave et aussi importante.

Ceux qui jugent bien des choses sont d'opinion que le moyen de mettre en un bon état les affaires de la France est d'élire, sans délai, un roi animé d'un zèle ardent pour la religion catholique [2], afin qu'il soit remédié par là au mal résultant de ce que le prince de Béarn prend le nom de roi, sans qu'il y en ait un autre qui lui oppose le même titre, et aussi afin de faire cesser les inconvénients qui naissent de ce que tous les princes catholiques veulent être chefs et ne veulent pas admettre de supérieur entre eux [3].

C'est pour cela que Sa Majesté a toujours désiré cette élection, et qu'elle a plusieurs fois ordonné qu'on fît en sorte qu'elle eût lieu, spécialement à la mort du roi Henri, quand le cardinal de Bourbon fut nommé pour lui succéder. Depuis, lorsque le duc de Parme secourut Paris, il n'y eut rien qu'elle recommandât autant que de parvenir à ce but par le moyen du parlement. Aujourd'hui c'est encore ce qu'elle désire le plus. Il convient donc de procéder de manière que personne ne puisse

---

[1] *El intento que tiene Su Mag[d] en las cosas de Francia y ha mandado y es servido que se procure encaminar en los Estados generales.*

[2] « Un rey cathólico de ardiente zelo. »

[3] « ...Los inconvenientes que nacen de querer ser todos los príncipes cathólicos cabezas y no se reconocer entre sí... »

penser que l'intention de Sa Majesté est autre, et qu'on voie, si la chose n'a pas été faite depuis longtemps, à qui en doit être imputée la faute.

Il n'y a pas lieu de songer à prendre pour roi quelqu'un de la maison de Bourbon, car, outre que d'autres ont, par le sang, plus de droits à ce royaume, par les raisons déduites ci-après, le prince de Béarn, qui en premier lieu représente cette maison, est hérétique relaps et a été déclaré incapable d'occuper le trône par le siège apostolique et par les états généraux, lorsque, la dernière fois, ils se réunirent à Blois. Les autres membres de la même maison sont aussi, ou imbus de l'hérésie, ou des fauteurs des hérétiques. Il faut donc, si quelqu'un voulait mettre en avant cette combinaison, la rejeter, comme préjudiciable au bien public et à toute la chrétienté : à cet effet, l'on peut dire aux princes de la maison de Lorraine, ainsi qu'aux villes et aux personnes qui se sont déclarées contre la maison de Bourbon, qu'il est aisé de comprendre que, si quelque membre de cette maison venait à régner, il les traiterait comme ils doivent s'y attendre de la part d'ennemis si obstinés de Dieu et des vrais catholiques. Enfin l'on doit faire en sorte qu'il n'en soit pas question aux états généraux.

Le droit bien fondé à la couronne de France, le dernier roi, Henri, étant mort sans enfants, appartient sans aucun doute à l'infante madame Isabelle, parce qu'elle est fille de la reine Élisabeth, sœur aînée dudit roi Henri, et que, représentant la personne de sa mère, elle se trouve au degré le plus proche du dernier possesseur, outre qu'elle est petite-fille du roi Henri II, dont les fils[1], oncles de l'infante, eurent titre et droit pour régner en France. Donc, si l'on considère le sang et la légitimité de la succession, personne ne peut, à juste titre, régner en France que la dame infante, laquelle a tous les droits en sa faveur[2].

A l'opposition qu'on pourrait faire à cela, en disant que la loi salique exclut les femmes de la succession au trône, il est

---

[1] François II, Charles IX, Henri III.

[2] « Y assí, habiendo de declararse por sangre y sucesion legitima, nadie puede derechamente reynar en Francia sino la señora infanta que tiene todos los derechos en su favor. »

facile de répondre, puisque les Français eux-mêmes avouent
que le fait de la loi salique ne fut qu'imagination et violence,
sans fondement ni cause[1]. La coutume, si l'on voulait l'opposer
aussi, n'offrirait pas plus de difficulté, parce que les exemples
qu'on pourrait alléguer seraient aujourd'hui inapplicables. Le
droit de la dame infante demeure donc indubitablement le
meilleur[2].

Puisqu'il est ainsi que la couronne de France appartient à
l'infante par le droit du sang,   faut faire tout l'effort possible
pour convaincre les états qu'ils doivent la déclarer reine propriétaire de France. Si cette vérité leur est dure et qu'ils
veuillent, sans en tenir compte, procéder à l'élection, ils sont
obligés, pour ne pas faire encore plus de tort à la dame infante,
de lui donner au moins, par la voie de l'élection, ce qui par
succession lui est dû, c'est-à-dire de la nommer leur reine :
chose si conforme à la raison[3]. Pour réussir en cette affaire, il
faut, d'un côté, faire valoir les droits de l'infante; de l'autre,
représenter aux Français que le remède à leurs maux, leur
sûreté, leur repos, dépendent de la déclaration ou de l'élection ci-dessus énoncée, puisque c'est par là qu'ils peuvent le
mieux intéresser Sa Majesté à les secourir. Mais dans cette
négociation il importe de garder la mesure qui convient pour
les persuader et non pour les irriter.

Si l'on voit positivement que les Français soient décidés à
rester dans le misérable état où ils se trouvent aujourd'hui,
plutôt que de reconnaître l'infante pour leur reine, comme ils
le doivent, on ne s'opposera pas à ce qu'ils élisent un roi, pourvu
que leur choix soit à l'entière satisfaction de Sa Majesté :
l'extrême désir que Sa Majesté a du bien commun lui fait en
cela postposer tous les droits que l'on a, avec une justice notoire

---

[1] « ...Pues ya confiesan los mismos Franceses que lo de la ley sálica
fué imaginacion y violencia, sin fundamento ni causa... »

[2] « Y assí viene á quedar el derecho dela señora infanta sin duda
por el mejor. »

[3] « ...Si se les hace dura esta verdad y, no obstante ella, quisieren
elegir, son obligados, por no agraviarla más, á hazer por lo ménos
con ella, por eleccion, lo que se debe por sucesion, que es nombrarla
por reyna, pues esto es tan puesto en razon... »

et infaillible, au royaume de France et à plusieurs des provinces de ce royaume en particulier[1]. Mais on ne doit divulguer cela qu'alors qu'on sera bien assuré que l'élection, comme il vient d'être dit, donnera à Sa Majesté toute satisfaction : autrement on ne consentira pas qu'elle se fasse.

Si l'on en vient à ce point, ce qui serait le plus sage serait de remettre entièrement l'élection à Sa Majesté : car de celui qui serait élu par elle et qu'elle choisirait également pour gendre, les Français pourraient se promettre tout ce qu'ils doivent désirer pour la conservation de la religion catholique et pour tout[2].

Pour les porter à faire une élection qui satisfasse entièrement Sa Majesté, on leur donnera à entendre qu'ils ne doivent pas s'imaginer que d'une autre manière elle consentira au mariage de sa fille avec l'élu, et qu'ils voient s'il serait conforme à la raison, cela ne se faisant pas, qu'elle leur continuât les secours dont ils auraient besoin. On pourra ajouter, pour leur montrer plus clairement la faute qu'ils commettraient en n'élisant pas à la satisfaction de Sa Majesté, que non-seulement ils devraient renoncer à la continuation de l'assistance qu'elle leur donne, mais que Sa Majesté se verrait obligée de soutenir le droit de sa fille et de faire en sorte qu'il prévalût.

Si, nonobstant les raisons déduites ci-dessus, les Français voulaient élire eux-mêmes, ils ne sauraient rien faire qui leur fût plus favorable, pour écarter les prétentions rivales des princes du royaume et y bien établir les affaires, que d'appeler à occuper le trône l'un des neveux de Sa Majesté, frère de l'empereur, et celui que Sa Majesté choisirait elle-même, parce que, en donnant en mariage à l'élu madame l'infante, Sa Majesté contracterait l'engagement de les secourir et de les défendre, comme ils en ont besoin, ainsi que plusieurs d'entre eux l'avouent. Il faut donc faire en sorte que cela s'effectue, et le préparer adroitement et avec tous les efforts possibles.

---

[1] « ...Pospuestos todos los derechos que se tienen al reyno de Francia y á muchos Estados dél en particular con notaria y infalible justicia. »

[2] « ...Porque del así elegido se podrian prometer quanto deven desear para la conservacion de la religion cathólica y para todo, en especial escogiéndole tambien Su Magestad para yerno... »

Si les Français, par leur attachement excessif à leur langue naturelle [1], s'opiniâtraient à vouloir élire pour roi quelqu'un de leurs princes, cela étant avéré et tout espoir de parvenir à ce qui précède étant évanoui, on pourra, afin que les états ne se séparent point sans élection, employer tous les moyens et les amis qu'on aura en faveur du duc de Guise, puisqu'on apprend qu'il est généralement bien vu [2], et il faut y travailler avec beaucoup de chaleur, en s'acquittant ainsi envers la maison de Lorraine, à laquelle le duc de Guise appartient. Si le duc de Lorraine [3] préférait qu'on élût l'un de ses fils, on s'appliquerait à le satisfaire, en lui disant que les membres de sa famille doivent se contenter de voir choisir pour roi l'un d'entre eux; qu'en n'aidant pas celui qui a le plus de chances pour être nommé, ils courraient le risque que l'élection ne tombât sur personne de leur sang, et qu'on jetât les yeux sur les princes de la maison de Bourbon, lesquels en aucun cas ne peuvent être acceptés, pour les raisons dites ci-dessus.

Enfin il faut employer, pour l'élection du duc de Guise, tous les moyens qui paraîtront convenables, sans donner lieu à ce qu'un autre de la maison de Lorraine soit élu, spécialement celui qui pourrait réunir cet État à la couronne de France, c'est-à-dire le marquis du Pont [4]. Le duc de Mayenne y aidera certainement, puisqu'il s'agit de son neveu, et eu égard à ce qui doit lui demeurer à lui-même [5]. On s'attachera à l'en persuader, et toujours on l'appuiera pour qu'il soit mis en possession de ce qu'il mérite par les grands services qu'il a rendus à la cause catholique, comme aussi Sa Majesté prendra à tâche de le soutenir et de lui conserver ce à quoi il a droit, dans ses

---

[1] « ...Por ser demasiado amigos de su lengua natural... »

[2] « ...Pues se entiende que es acepto generalmente... »

[3] Charles II, dit le Grand, qui avait épousé la princesse Claude, fille du roi Henri II.

[4] Henri, fils aîné du duc Charles, et qui lui succéda.

[5] « ...Por el deudo que con su sobrino tiene y el lugar que le ha de quedar... »
Le duché de Bourgogne avait été promis en toute souveraineté au duc de Mayenne, avec le gouvernement de Picardie et la lieutenance générale du royaume. (SISMONDI, *Histoire des Français,* t. XIV, p. 462.)

rapports, soit avec l'un ou l'autre de ses neveux, soit avec le
neveu de Mayenne lui-même [1].

Si l'on voyait que même l'élection du duc de Guise souffrît
des difficultés, et que peut-être les états lui préféreraient le cardinal de Lorraine [2], ce qui n'est pas croyable pourtant, on
pourrait permettre que ce dernier fût élu, afin que les états ne
se séparassent pas avant d'avoir fait l'élection. Mais on n'en
viendra à ce point que comme à un dernier refuge, et il doit
rester très secret, en sorte que personne ne puisse le connaître
ni en avoir le moindre vent [3].

Enfin, que ces cinq choses se traitent par degrés, en faisant
tous les efforts possibles pour la réalisation de celles qui pré-
cèdent, et en venant à celles qui suivent, s'il n'y a pas d'autres
remèdes [4] : la première, que l'infante soit déclarée reine propriétaire de France, en raison du droit qu'elle a au trône, ou
que du moins elle soit élue reine, puisqu'il y a tant de raisons
pour cela; la seconde, que, si l'on ne veut pas faire la déclaration qui vient d'être dite en faveur de l'infante, on remette à
Sa Majesté le choix de celui qui sera roi, comme cela est juste,
puisqu'elle doit le prendre pour gendre, et que cela leur donne
à eux-mêmes toute sûreté; la troisième, que s'ils veulent faire
l'élection, ils élisent l'un des frères de l'empereur, celui que
Sa Majesté désignera, puisque ce sera si sage [5]; la quatrième,
que si, après avoir fait tous les efforts humainement possibles
pour réussir, au moins en ce qui se propose en troisième lieu,
on se voit forcé d'y renoncer, on emploie les mêmes efforts

---

[1] « Y assí se le ha de persuadir y ayudar siempre á que le quede el
que merece lo mucho que ha hecho en servicio y defensa de la causa
cathólica, como Su Magestad procurará sustentarle y conservarle el
que es justo, con qualquiera de los nombrados, que son los sobrinos
de Su Magestad y el del mismo Umena. »

[2] Charles, deuxième fils du duc régnant.

[3] « ...Que á esto no se venga sino por último refugio, y esté secre-
tissimo este punto de manera que nadie lo pueda intender ni bar-
runtar... »

[4] « Que enfin estas cinco cosas se procuren por sus grados, haziendo
en las que preceden todo el esfuerzo posible, y viniendo á las otras
quando no aya otro remedio. »

[5] « Pues esto será tan acertado... »

pour faire élire le duc de Guise, et que les états ne se séparent point sans cette conclusion ; la cinquième enfin, que, dans le cas où rien de tout cela ne se pourrait réaliser, et qu'on vît jour à faire déférer la couronne au cardinal de Lorraine, on s'y prête, comme à un dernier refuge, si l'on juge que les états ne se sépareront pas sans l'avoir élu, mais que, s'il est possible de réussir en quelqu'une des autres choses, on n'en vienne pas à cette dernière, ni qu'on sache qu'un tel ordre a été donné [1].

L'intention de Sa Majesté, en ce qui concerne la France, ayant été exprimée si clairement, elle veut qu'on emploie, avec chaleur et activité, tous les moyens qui pourront servir à faire atteindre le but : mais on procédera avec le secret convenable, usant avec ceux qui sont bien disposés de paroles persuasives, et se servant avec les autres de termes tels qu'ils ne s'en puissent irriter, et au contraire, qu'ils modèrent leurs passions, s'ils ne sont pas animés d'un aussi bon esprit qu'ils devraient l'être ; enfin qu'on fasse le possible pour que l'assemblée des états ne soit pas dissoute sans avoir élu en l'une des manières susdites.

Madrid, 25 janvier 1592.

[1] « ...Pero que si es posible atar qualquier cosa de las otras, no se venga á esta ni se entienda que tal órden hay. »

LETTRES DE PHILIPPE II

LETTRES

DE PHILIPPE II

A SES FILLES

I

Tomar, á 3 de abril 1581.

Siempre deseo responderos y nunca puedo, y menos agora que son las once, y aun no he cenado. Solo digo agora que seria muy bien qu'escrivais y respondais á my hermana, como creo que os lo escriví ya y bolví su carta. Y de oy en 8 dias creo yo que embiaré cartas para ella, con que se havrá de despachar correo; y así para entónces podréis tener escrito, y yo procuraré de responderos, pues agora no puedo. Y porque he visto que no teneis sello, os embio el que va aquí, para que con él podais sellar las cartas de my hermana y las de la reyna madre y las myas; y en lacre creo que sellará mejor, que en papel no me parece que sella muy bien: mas para my no selleis en lacre que rompe las cartas, si no fuere el pliego que se ha de cortar. Y es el primer

sello nuevo en que se han puesto las armas de Portugal, como veréis en lo que va en la cartilla. Creo que
se començarán presto las córtes, y primero el juramento, porque ya viene mucha gente; y ya habréis
savido como me quieren hazer vestir de brocado, muy
contra my voluntad, mas dicen qu'es la costumbre de
acá.

De Tomar, á 3 de abril 1581.

Vuestro buen padre.

(Parafe de Philippe.)

I

AUX INFANTES MES FILLES.

Thomar, 3 avril 1581.

Toujours je désire vous répondre et jamais je ne le puis,
et moins encore en ce moment, car il est onze heures du
soir, et je n'ai pas soupé. Je me borne donc à vous dire
qu'il sera très bien que vous répondiez à ma sœur, comme
je crois vous l'avoir écrit déjà en vous renvoyant sa lettre.
Je pense que, d'aujourd'hui en huit, j'enverrai des lettres
pour elle qui nécessiteront l'expédition d'un courrier :
ainsi vous pourrez avoir écrit pour lors, et je tâcherai de
vous répondre, puisqu'en ce moment je ne le puis pas.
Comme j'ai vu que vous n'avez point de cachet, je vous
envoie celui qui est ci-joint, afin que vous vous en serviez
pour cacheter vos lettres à ma sœur, à la reine mère [1] et à
moi. Je crois que c'est sur de la cire qu'il fera le meilleur

---

[1] Catherine de Médicis.

effet ; sur le papier il me paraît qu'il ne marque pas très
bien : mais pour moi n'employez pas de la cire, qui dé-
chire les lettres, à moins que ce ne soit sur le pli qui se
doit couper. C'est le premier cachet où l'on ait mis' les
armes de Portugal, comme vous le verrez par ce qui est en
la petite lettre. Je pense que bientôt auront lieu l'ouverture
des cortès et la prestation de serment, car il vient déjà
beaucoup de monde. Vous aurez su qu'on veut me faire
vêtir de brocard, bien contre ma volonté [1] : mais on dit que
c'est la coutume d'ici.

De Thomar, le 3 avril 1581.

Votre bon père.

II

A LAS INFANTAS MIS HIJAS.

Tomar, á 1º de mayo 1581.

Hazeislo tambien en el cuydado que teneis d'escrivirme, que no puedo dexar de pagaroslo en lo mysmo,
y así lo he querido hazer agora, aunque no me sobra
mucho tiempo. Y doyos muchas gracias por la nora

---

[1] D'après la relation qui est dans le tome VII, p. 344, de la *Coleccion
de documentos inéditos para la historia de España*, le Roi, le jour de
la prestation de serment, était vêtu d'une soutane ou habit long de
toile d'or (*sotana de tela de oro*), avec une robe de brocard doublée de
même toile ; il portait le collier de la Toison d'or et était coiffé d'un
bonnet de velours.
Suivant une autre relation, insérée au tome II de Cabrera, p. 633,
Philippe II avait une soutane et robe longue de brocard cramoisi.

buena que me dais del juramento; y harto quisiera
que lo pudiérades ver desde una ventana, como lo vió
my sobrino, que se vía my bien todo. Él no ha estado
bueno estos dias, que ha tenido un poco de calentura,
y le sangraron una vez, y ayer se purgó con unas píl-
doras, y está ya sin calentura, y así creo que se levan-
tará mañana. Y con aver sido poco el mal, me ha dado
harto cuydado. Y bolviendo al juramento, por la relacion dél que os embié, havréis visto si heran verda-
deras las que ántes avíades visto; y por si han ido otras
tales del de vuestro hermano, os embio la órden que
en él avía de tener y se tubo. Y porque no me quedan
copias de aquel papel y deste, guardadmelos entrambos para quando yo baya ay, que placerá á Dios que sea
presto. Y por estar ya bueno Lisboa y andar en buenos
térmynos las córtes, trato ya de ir allí, aunque passaré
por Almerín y otros lugares que están cerca del camyno; y lo más pienso ir por el rio, qu'es muy buena
cosa. Y por estar más desembaraçado para el camyno,
he dado oy el Tuson al duque de Bragança, y fué comygo á mísa, y entrambos con los collares, que sobre
el luto parecia muy mal el myo, digo qu'él más galan
iba, aunque dicen qu'el dia de my juramento fué el
primer dia que se puso çapatos, que ya les traen acá
todos, sino soy yo. Segundo que decís, mas calor deve
hazer ay que aquí, que no haze ninguna, sino algunos
dias harto fresco; y con todo esto no llueve, aunque
para acá no es tan malo esto como para ay y para
Aranjuez, de adonde escriven grandes lástimas del
daño que haze de no llover, y tambien del Escurial;

y la obra de allí escriven que va muy adelante. No sé
si lo aveis hechado de ver desde vuestras ventanas,
pues de allí le deveis de ver hartas vezes. Creo que se
hallará muy bien vuestro hermano en corto, pero no
deve ser para andar segun lo que todos tardan en esto.
Mucha embidia tiene Madalena á las fresas, y yo á los
ruyseñores, aunque unos pocos se oyen algunas vezes
de una ventana mya. Y Luis Tristan pregunta si ha
llegado allá hílo que dice que os ha embiado, aunque
yo creo que myente. Acá han escrito que á vuestro
hermano chico le avía salido un diente : paréceme que
tardava mucho, para tener va tres años, que oy los
cumple, que se bautiçó, como se os acordará; y estoy
en duda si son dos ó tres, y creo que tres y que deve
estar líndo como decís. Tambien estoy en duda quanto
cumple el mayor en julio, aunque creo que son seis.
Avisadme lo cierto dello, y Dios os guarde á vosotras
y á ellos como deseo.

De Tomar, primero de mayo 1581.

Vuestro buen padre.
(Parafe du Roi.)

II

AUX INFANTES MES FILLES.

Thomar, 1er mai 1581.

Vous êtes si soigneuses de m'écrire que je ne puis laisser
de vous payer de retour; et ainsi je l'ai voulu faire en ce

moment, quoique je n'aie pas beaucoup de temps de reste. Je vous remercie infiniment des félicitations que vous m'adressez sur la prestation de serment [1]; j'aurais souhaité que vous pussiez voir la cérémonie d'une fenêtre, comme mon neveu [2] l'a fait, car de là il voyait parfaitement tout. Il ne s'est pas bien porté ces jours-ci, mon neveu; il a eu un peu de fièvre; on l'a saigné; hier il s'est purgé avec quelques pilules; maintenant la fièvre l'a quitté, et je crois que demain il se lèvera. Quoique le mal n'ait pas été grand, il m'a donné assez de souci. Pour revenir à la prestation de serment, la relation que je vous en ai envoyée vous aura mises à même de juger si celles que vous aviez lues auparavant étaient exactes; et, comme de telles relations du serment prêté à votre frère pourraient vous être parvenues, je vous envoie l'ordre qui y devait être et y a en effet été observé. Il ne me reste pas de copies de ces deux papiers; gardez-les-moi donc l'un et l'autre pour quand je retournerai à Madrid; et plaise à Dieu que ce soit bientôt! Lisbonne étant saine maintenant, et les affaires qui se traitent avec les cortès étant en de bons termes, je songe à y aller: mais je passerai par Almeirim et d'autres lieux qui se trouvent à proximité de la route. Je compte faire la plus grande partie du chemin par eau, et ce sera une très bonne chose. Afin d'avoir moins d'embarras dans mon voyage, j'ai donné aujourd'hui la Toison au duc de Bragance [3]: il a assisté avec moi à la messe, et tous deux nous portions

---

[1] Voy. p. 14.

[2] L'archiduc Albert.

[3] Don Juan de Portugal, sixième duc de Bragance et de Barcelos, fils de D. Théodore et de doña Isabelle de Castro. Il avait, comme nous l'avons dit (p. 3), épousé la princesse Catherine de Portugal, fille de l'infant don Edouard. La remise du collier lui fut faite par Philippe II au couvent de Thomar. Il mourut au commencement de 1583.

le collier : le mien faisait un triste effet sur mon habit de deuil[1]; le duc était plus élégant, bien qu'on dise que, le jour où l'on me prêta serment, il mit pour la première fois des souliers[2], que déjà tout le monde porte ici, excepté moi. D'après ce que vous m'écrivez, la chaleur doit être plus grande à Madrid qu'elle n'est ici, où nous ne la ressentons pas du tout : même il y a certains jours où il fait très frais. Avec tout cela il ne pleut pas : mais en ce pays la séche-resse n'est pas fâcheuse autant qu'elle l'est à Madrid et à Aranjuez, d'où l'on écrit, ainsi que de l'Escurial, que l'ab-sence de pluie cause beaucoup de dommage. On mande aussi que les constructions de là-bas[3] avancent beaucoup : je ne sais si vous vous en serez aperçues ; mais, de vos croi-sées, vous devez le remarquer souvent. Je crois que votre frère sera très-bien vêtu d'un vêtement court[4], mais ce ne doit pas être pour marcher, à en juger par le retard que tous les enfants mettent à le faire. Madeleine a grande envie de fraises, et moi d'entendre chanter les rossignols, bien que d'une de mes fenêtres j'en entende parfois quelques-uns. Luis Tristan demande si l'on a reçu là-bas du fil qu'il dit

[1] Le deuil qu'il portait de la reine Anne. Voy. l'*Introduction*, p. 11.

[2] Peut-être faut-il traduire *çapatos* par *bottines*. La relation citée page 73, note 1, qui donne la description du costume du duc de Bra-gance, ne mentionne pas cette particularité.

[3] Il s'agit vraisemblablement de constructions au palais de Madrid. Quintana nous apprend que Philippe agrandit ce palais en y faisant ajouter les tours et galeries qui regardent le parc, avec plusieurs autres pièces. (*La antigüedad, nobleza y grandeza de Madrid*, p. 331.)

[4] Le prince don Diego comptait, le 1er mai 1581, cinq ans neuf mois et vingt jours, étant né le 12 juillet 1575 (voy. p. 8, note 5). Une lettre du cardinal de Granvelle à la duchesse de Parme, du 16 no-vembre 1584, nous apprend que le prince Philippe, alors âgé de six ans et sept mois, avait été « vestu de court avec chausses longues », pour la cérémonie où, quelques jours auparavant, les cortès de Cas-tille l'avaient reconnu comme prince héritier. (Archives Farnésiennes, à Naples.)

vous avoir envoyé : je crois qu'il ment. On a écrit ici qu'une
dent est venue à votre petit frère : il me paraît qu'elle a
tardé beaucoup, puisqu'il y a trois ans, aujourd'hui, qu'il
a été baptisé, comme vous vous en souviendrez. Je suis en
doute si c'est deux ou trois ans ; je crois pourtant que c'est
trois ans [1], et qu'il doit être gentil comme vous le dites. Je
suis également en doute sur l'âge qu'aura l'aîné au mois
de juillet, mais je crois que ce sera six ans. Écrivez-moi
ce qu'il en est à cet égard, et Dieu vous garde, vous et eux,
comme je le désire !

De Thomar, le 1ᵉʳ mai 1581.

Votre bon père.

III

A LA INFANTA DOÑA CATARINA MI HIJA.

Santarem, á 5 de junio 1581.

Muy bien hezístes en escrivirme, pues los dottores
os dieron licencia para ello, porque me quitó mucho
cuydado ver carta vuestra y de tan buena letra que
no se parecia en ella el mal. Y después supe qu'estávades ya sin calentura, y así espero qu'estaréis ya
buena del todo ; y yo estuviera muy contento, si no
supiera el mal de vuestro hermano, que no puede
dexar de darme mucho cuydado, aunqu' espero en

---

[1] Le prince Philippe, né le 14 avril 1578, avait été baptisé le 1ᵉʳ mai
suivant. (QUINTANA, p. 358.)

Dios que le dará salud y tambien á la chiquita. Y no os escribo más, pues vuestra hermana os dirá lo que l'escribo. Y no teneis de que tener pena del sol : que en la varca no se siente, ni polvo, qu'es muy bueno, porque por tierra ay mucho. Y Dios os guarde como deseo.

De Santarem, á 5 de junio 1581.

Vuestro buen padre.

(Parafe du Roi.)

III

A L'INFANTE CATHERINE MA FILLE.

Santarem, 5 juin 1581 [1].

Vous avez très-bien fait de m'écrire, puisque les médecins vous en ont donné la permission ; la vue de votre lettre, écrite si distinctement qu'on n'y remarquait pas de trace du mal dont vous avez souffert, m'a délivré de beaucoup de peine. J'ai su depuis que la fièvre vous avait quittée [2];

---

[1] Philippe II était arrivé à Santarem le 2 juin. Suivant une relation qui fut envoyée à l'ambassade de France à Madrid, les habitants ne le reçurent pas avec le même contentement qu'ils avaient témoigné lors de l'entrée dans leur ville de don Antonio : *Su Magestad llegó viérnes en Santarem y no le recibieron con tanto contento como levantaron á don Antonio.* (Bibliothèque nationale à Paris, fonds français, Ms. 16108, fol. 37.)

[2] Dans une dépêche du 29 mai, l'ambassadeur Saint-Gouard mandait à Catherine de Médicis que l'infante souffrait, depuis cinq ou six jours, d'une fièvre qui la retenait au lit, mais que, les médecins l'ayant saignée et purgée, on espérait qu'elle en serait bientôt débarrassée. Le 12 juin il écrivait que l'infante était rétablie. Néanmoins, à la

ainsi j'espère que vous êtes maintenant tout à fait rétablie. Je serais très-content si je n'avais appris la maladie de votre frère [1], qui ne peut laisser de me causer un grand souci, quoique j'espère en Dieu qu'il lui donnera la santé, ainsi qu'à la petite [2]. Je ne vous en dis pas davantage; votre sœur vous fera part de ce que je lui mande [3]. Vous ne devez point vous inquiéter pour le soleil; on ne le sent pas dans la barque; on n'y souffre pas non plus de la poussière, et c'est très heureux, car à terre il y en a beaucoup. Dieu vous garde comme je le désire!

De Santarem, le 5 juin 1581.

Votre bon père.

IV

A LAS INFANTAS MIS HIJAS.

Almada, á 26 de junio 1581.

No pude escriviros el lúnes pasado. Y porque no sea oy lo mysmo, lo comienço ántes que las otras cosas, que quiza me costará acabarlas muy tarde. Y deseava escriviros el lúnes pasado, por deciros lo que

date du 24 juillet, il faisait savoir à la reine son aïeule « qu'elle était « toujours maigre et pâle de son indisposition passée ». (Ms. cité à la note précédente.)

[1] Dans la dépêche citée du 12 juin, Saint-Gouard informait la reine mère que le prince don Diego avait eu, pendant plusieurs jours, une fièvre continue, mais qu'il allait mieux.

[2] L'infante Marie.

[3] Cette lettre du Roi à l'infante Isabelle est une de celles qui nous manquent.

avía pasado desd'el otro que os escriví en Villafranca,
que fué que luego el otro dia, mártes, dia de Sant Antonio, á 13 deste, fuy á oir misa á un monesterio de
Descalços, que se llama Sant Antonio, una legua de
allí; y después de misa, fuymos á embarcarnos á otro
lugar allí cerca, y nos embarcámos en un bregantín
que llaman acá en Portugal, qu'es en el que los reyes
suelen andar por el rio; y venímos en él, obra de media
legua, hasta delante de Villafranca, donde estavan las
galeras, y nos metímos en la capitana, adónde estava
ya Madalena, que no avía ido al monesterio. Y luego
se pusieron en cueros los que remaban con unos çara-
guelles de lienço solamente; y son los de aquella galera, qu'es buena, cerca de trecientos, todos rapados
la barba y la cabeça. Y de allí aquí ay seis leguas, que
venímos muy à placer, con buen tiempo, y siempre al
remo; y comímos, my sobrino y yo, dentro en la popa,
y los demás en el cuerpo de la galera, adónde lo vía-
mos, my sobrino y yo, desde la popa; comímos muy
tarde, por pasar primero, con la marea que crece y
baxa la mar de seis én seis horas, unos barcos; y mi
sobrino y yo comímos camynando; y myentras co-
mieron los demás, pararon las galeras, que la nuestra
iba delante y diez detrás della; y todo lo que haze la
capitana hazen los demás; y llebavan unas tiendas
que las cubren todas por el sol; y por los lados se vía
el río ó mar y las orillas; y por algunas partes íva dos
y tres leguas de ancho, de manera que no se vía casí
la una orilla ó la otra.

Y desta manera venímos hasta cerca de Lisboa,

adónde irá el rio una legua de ancho; y posámos muy
junto á ella y de más de cien navíos de todas maneras
qu'estavan allí, que avían venido algunos, poco ántes,
de muchas partes. Y así fuímos orilla de Lisboa, viendo
todo lo que cae al rio, qu'es cerca de una legua de
largo, y my posada, y reconociéndolo todo muy bien;
y estava todo lleno de gente. Y fuymos así hasta más
abaxo de Lisboa, desde adónde atravesámos el río para
venir aquí á Almada, donde tengo una posada muy
bonita, aunque pequeña, que de todas las ventanas se
vee el rio y Lisboa, y las naos y galeras muchas vezes.
Y de una pieça alta, donde yo escrivo, se ve de una
ventana todo lo más del largo de Lisboa, que por aquí
no tiene el rio de ancho sino poco más de media legua,
y de otra ventana se vee Belen y Sant Jian y mucho
del rio abaxo, y todos los navíos que entran y salen
por él.

El domyngo adelante nos fuymos, my sobrino y yo,
con sola la capitana, á desembarcar en Lisboa, sin que
allá lo supiesen, al cabo de la varanda de my posada,
y entrámos por allí y la vímos toda, aunque tardámos
mucho, qu'es grandísima, aunque desbaratada, aunque tiene muy buenos corredores y vistas y un jardin
en alto muy bonito; y con lo que se ha adereçado,
qu'es mucho y ha costado más de lo que yo pensé, ha
quedado buena. Y creo que nos podrémos ir á ella el
jueves, dia de Sant Pedro, y dicen que adereçan gran
recibimiento para aquel dia. Antier, dia de Sant Juan,
nos embarcámos á la mañana, y fuymos à Belen, una
buena legua de aquí, de la otra parte del rio, más

abaxo de Lisboa, y allí oymos misa cantada y co-
mymos, y después oymos vísperas en el coro, y nos
fuymos á embarcar en un barco, y entrámos y vímos
la torre de Belen, qu'está dentro del rio y tiene mucha
artillería. Y de allí bolvímos por delante de Lisboa y
aquí, con tanto viento contrario que, al desembarcar,
baylava muy bien el esquife de la galera en que iba-
mos. Y ayer hizo mucho más, de manera que á la
tarde no pudieron ir varcas de aquí á Lisboa.

Otras cosas habria que decir destos dias, mas no ay
tiempo para ello, y Madalena y otros las deven d'escrivir. Y ninguna calor ha hecho estos dias, sino oy
que ha hecho mucha. He holgado mucho con las
buenas nuevas que me dais de vuestros hermanos, y
no m'escribieron las dos tercianas del chíco, sino
vosotras, y espero que no pasarian adelante y que todos
estais buenos, como yo lo deseo; y paréceme muy bien
el cuidado que teneis del aposento del mayor, y yo boy
myrando lo que convendrá. Muy bien es que no tray-
gais las tocas, como me decís; y el saliros sangre de
narices, à vos la mayor, creo que durará hasta lo que
parece que tarda ya, y así es bien que dure hasta l'entónces. Y vos, la menor, hazeis bien en tomar caldos
de rayzes, como me decís : con que espero qu'estaréis
muy buena. Madalena anda oy con gran soledad de su
yerno que partió oy para ay, aunque yo creo que lo
haze por cumplimyento; y estuvo muy enojada comygo porque le reñí algunas cosas que avía hecho en
Belen y en las galeras; y con Luis estuvo muy brava
por lo mysmo. Y yo deseo ya mucho ir á Lisboa, por

darme mas priesa á lo de acá, que aquí no se puede.
Y Dios os guarde como deseo.

De Almada, á 26 de junio 1581.

Vuestro buen padre.

(Parafe du Roi.)

IV

AUX INFANTES MES FILLES.

Almada, 26 juin 1581.

Je ne pus vous écrire lundi dernier; pour qu'il n'en soit
pas de même aujourd'hui, je le fais avant de m'occuper
d'autres choses : ce qui sera cause peut-être que j'achèverai
celles-ci fort tard.

Je désirais vous écrire lundi, pour vous dire ce qui s'était
passé depuis le lundi précédent que je vous écrivis de Villafranca[1] ; et ce fut que, le jour suivant, mardi, fête de Saint-
Antoine, 13 de ce mois, j'allai entendre la messe à un monastère de moines déchaussés, du nom de *Sant Antonio,* à une
lieue de là. Après la messe nous allâmes nous embarquer, en
un autre endroit tout près, sur un brigantin (comme on dit
en Portugal) à bord duquel les rois ont coutume de parcourir le fleuve[2]. Nous vînmes, après un trajet d'une demi-
lieue environ, jusque devant Villafranca, où étaient les
galères : nous prîmes place sur la capitane, où se trouvait
déjà Madeleine, qui n'avait pas été au monastère. Aussitôt
les rameurs se dépouillèrent de leurs vêtements, ne conser-
vant que des culottes de toile ; ils sont sur cette galère, qui

[1] Cette lettre nous manque.
[2] Le Tage.

est bonne, près de trois cents, tous la barbe et la tête rases.
De là-bas jusqu'ici il y a six lieues. Notre voyage, que le
temps favorisa, fut très-agréable; nous allâmes toujours à
la rame. Mon neveu et moi nous dînâmes en une place à
l'arrière du bâtiment; les autres dînèrent dans le corps de
la galère, où nous les voyions de l'endroit où nous étions.
Nous dînâmes fort tard, pour laisser passer, avec la marée
qui monte et baisse de six en six heures, quelques bâti-
ments. Mon neveu et moi nous dînâmes tout en cheminant;
les galères s'arrêtèrent pendant que les autres dînaient : la
nôtre allait en avant, et il y en avait dix derrière elle :
tout ce que fait la capitane, les autres le font aussi. On y
avait dressé des tentes qui les couvraient entièrement pour
le soleil. Par les côtés on voyait le fleuve ou la mer avec
les bords; en quelques endroits la largeur du fleuve était
de deux ou trois lieues, de sorte qu'on n'apercevait presque
pas l'une ni l'autre rive.

Nous vînmes de cette façon jusque près de Lisbonne,
là où le fleuve a une lieue de large; nous nous arrêtâmes
tout contre la ville et à portée de plus de cent navires de
toute sorte, dont quelques-uns étaient venus de différents
endroits peu auparavant. De là nous voyions tout ce qui
aboutit au fleuve sur une longueur d'environ une lieue,
ainsi que mon palais, et nous reconnaissions tout très
bien. Il y avait foule partout. Nous allâmes ensuite jusque
plus bas de Lisbonne, où nous traversâmes le fleuve pour
venir à Almada, où j'ai une demeure très jolie, quoique
petite : de toutes les fenêtres on voit le fleuve et Lisbonne,
et souvent les navires et les galères mêmes. D'une pièce
d'en haut, d'où j'écris, on voit, par une fenêtre, presque
tout Lisbonne dans sa longueur; de ce côté, le fleuve n'a
qu'un peu plus d'une demi-lieue de large. Par une autre

13

fenêtre on aperçoit Belem et Saint-Juliao avec une grande partie du bas du fleuve, ainsi que tous les navires qui y entrent ou qui en sortent.

Le dimanche suivant [1], mon neveu et moi nous allâmes, sur la capitane seule, débarquer à Lisbonne au bout de la terrasse du palais, sans qu'on en sût rien dans la ville. Nous entrâmes par là au palais et le visitâmes entièrement, ce qui nous prit beaucoup de temps, car il est fort grand, mais assez mal composé : il s'y trouve toutefois de bonnes galeries, de très jolies vues et un beau jardin dans la partie haute : au moyen des travaux que l'on y a faits, qui ont été considérables et ont coûté plus que je ne l'avais pensé, il a été mis en bon état [2]. Je crois que nous pourrons y aller jeudi, jour de Saint-Pierre [3]. On dit qu'il se fait de grands préparatifs de réception pour ce jour-là.

Avant-hier, jour de Saint-Jean, nous nous embarquâmes dans la matinée et allâmes à Belem, une bonne lieue d'ici, de l'autre côté du fleuve, plus bas que Lisbonne. Là nous entendîmes une messe en musique et nous dînâmes ; après diner nous assistâmes aux vêpres dans le chœur ; puis nous allâmes en barque visiter la tour de Belem : cette tour est dans le fleuve ; elle est garnie de beaucoup d'artillerie. Nous revinmes ici en passant devant Lisbonne ; le vent était si violent qu'au moment de débarquer il faisait très bien

---

[1] 18 juin.

[2] Le duc d'Albe avait déconseillé au Roi d'habiter ce palais : « Il est « triste comme une prison, lui écrivait-il le 30 novembre 1580, et c'est « à peine si de là l'on voit la mer » : *La casa de la ribera es triste como una prision, que apénas se vee la mar della.* Philippe II mit en apostille, sur cette lettre, que les autres palais étaient encore plus tristes : *Más tristes son las otras.* Il ordonna néanmoins que le palais du Rucio fût restauré, mis en bon état, et qu'on en fît sortir les inquisiteurs qui l'occupaient. (*Documentos inéditos para la historia de España*, t. XXXIII, pp. 277 et 326.)

[3] 29 juin.

danser le bateau qui nous conduisit à terre. Hier il fut plus
fort encore, au point que l'après-midi il ne put aller aucune barque d'ici à Lisbonne.

J'aurais encore des choses à vous dire de ces derniers
jours, mais je n'en ai pas le temps; Madeleine et d'autres
doivent d'ailleurs les écrire. Il n'a pas fait chaud ces jours-
ci, mais aujourd'hui la chaleur est grande. Je me suis réjoui
des bonnes nouvelles que vous me donnez de vos frères;
vous êtes les seules qui m'ayez fait part des deux fièvres du
plus jeune; j'espère qu'elles n'ont pas eu de suite et que
vous êtes tous bien portants, comme je le souhaite. Je
trouve très-bien le soin que vous prenez du logement de
l'aîné; je m'occupe de ce qu'il conviendra de faire. J'approuve que vous ne portiez pas les toques, comme vous
me le dites. Les saignements de nez que vous avez, vous,
ma fille aînée, je crois qu'ils dureront jusqu'à ce qu'arrive
ce qui paraît tarder beaucoup; ainsi il sera bien qu'ils con-
tinuent jusqu'alors. Vous, la cadette, vous faites bien de
prendre des bouillons de racines, comme vous me le dites;
j'espère qu'avec cela votre santé ne laissera rien à désirer.
Madeleine montre une grande tristesse de ce que son
gendre est parti aujourd'hui pour Madrid; je crois qu'elle
le fait pour la forme. Elle a été très fâchée contre moi,
parce que je l'ai grondée à propos de certaines choses qu'elle
avait faites à Belem et sur les galères; elle a été très hardie
avec Louis [1] pour le même motif.

Je désire beaucoup aller à Lisbonne afin d'avancer les
affaires de ce pays : ce que je ne puis faire ici. Dieu vous
garde comme je le désire!

D'Almada, le 26 juin 1581.

Votre bon père.

[1] Louis Tristan, dont il est parlé dans les lettres suivantes.

V

A LAS INFANTAS MIS HIJAS.

Lisboa, á 10 de julio 1581.

Muy bien lo hazeis en escrivirme de la salud de vuestros hermanos. Y espero en Dios que la tendrá el mayor presto cumplida, y tambien el menor; y bien creo que la calor havrá sido causa de las tercianas, y paréceme que se deve de aver pasado allá la calor, pues acá haze poca, y oy ha hecho harto fresco. Y pues así es, muy bien es que os paseis todos á las Descalzas; y con las casas que se han de tomar, creo que no estaréis tan apretados y que os podréis aprovechar de las pieças que caen à la huerta grande, que son muy buenas de verano, que lo sé yo muy bien de algunas que estuve en ellas. Tambien holgué mucho de saver que vos, la menor, estubiésedes ya buena, y no de que estándolo subiésedes á la tribuna, que os pudiera hazer más mal; y bien será que entrambas tengais mucho cuydado de hazer lo que en esto y en todo os dixere la condesa, pues ella le tiene tan grande de vuestro servicio y de lo que es bien que hagais; y así os lo encomyendo mucho : que con esto no podréis herrar en nada. Y del mal del conde estoy con cuydado por la voluntad con que veo que os sirve á todos, y espero que tendrá salud como es menester. Las alverchigas vinieron de manera que, si no lo escriviére-

des, no se pudieran conocer, y así no las pude provar:
de que me pesó mucho, porque, por ser del jardinillo
de vuestra ventana, me supieran muy bien. Acá ay así
unos jardinillos en algunas partes, que llaman alegretes, y no son malos. Llevarémos allá la traça dellos,
aunque no veo ay donde los pudiese aver.

De acá no ay que deciros, sino que ayer fuymos à
misa, my sobrino y yo, à Santo Domingo, qu'está en
una plaça muy grande y buena que llaman *el Rosio,*
y à la tarde vinieron aquí dos infantes moros qu'están
aquí, tio y sobrino, y este es muchacho, con muchos
Moros á pié y á caballo. Y esta mañana salió de aquí
una armada de 14 ó 15 galeones y naos y carabelas
con mil Españoles y mil Alemanes de los que vístes,
que van à la isla Tercera, qu'está por don Antonio, y
están agora delante de Belen esperando tiempo para
ir su viage; y esta tarde fuymos à verla en la galera
capitana, y hazía un poco de viento, y hubo un ma-
reado. Y despúes que vímos la armada y la gente qu'estava en ella, andando al rededor de los navíos, venímos
à la vela en la galera, porque hera bueno el viento
para venir. Y siempre las otras vezes avíamos andado
al remo sino agora; y llegámos ya casí noche. Y ántes
de salir de la galera, dixeron allí la salve que suelen
decir los sábados, porque viese my sobrino como se
dice; y lo más es con unos menestriles que son esclavos
de la galera, que son muy buenos y tañen muy bien
muchos instrumentos; y así con ellos dixeron muy
bien la salve. Y no sé si havréis savido que, por no
aver aquí quien tañese bien los órganos en la capilla,

hize venir aquí á Cabezon. Madalena fué oy á la galera
después que yo, y creo que anduvo un rato mareada;
y hasta agora no se osa desmandar mucho por este
lugar : creo qu'es porque no le den grita como las dan
á otras, diciéndoles *daca la cuerda.* No diréis que no
os escrivo hartas nuevas. Y Dios os guarde como
deseo.

De Lisboa, a 10 de julio 1581.

Vuestro buen padre.

(Parafe du Roi.)

V

AUX INFANTES MES FILLES.

Lisbonne, 10 juillet 1581 [1].

Vous faites très bien de me tenir au courant de la santé
de vos frères. J'espère en Dieu que l'aîné l'aura bientôt
parfaite [2], ainsi que le plus jeune. Je crois que les fièvres
auront été causées par la chaleur; elle doit là-bas avoir
cessé maintenant, car ici on la ressent peu, et même aujourd'hui il a fait assez frais. D'après cela il est très bien

---

[1] Philippe II, comme nous l'avons dit page 15, avait fait son entrée
solennelle à Lisbonne le 29 juin.

[2] L'ambassadeur de France à la cour d'Espagne, Saint-Gouard,
mandait, le 10 juillet, que le prince don Diego souffrait toujours de
la fièvre. Le 24 il écrivait : « Le prince est travaillé d'une fiebvre
« double tierce de laquelle il est fort maigri et deffaict, et ne sçay si
« enfin il aura assez de complection pour résister longtemps à tant
« d'indispositions avec lesquelles il s'est nourry jusques à ceste
« heure. » (Bibliothèque nationale, à Paris, Ms. fr., n° 16108.)

que vous passiez tous aux *Descalzas* [1]; avec les maisons
qu'on prendra, je crois que vous ne serez pas aussi resserrés,
et que vous pourrez vous servir des pièces qui donnent sur
le grand jardin et qui l'été sont très-bonnes : je le sais fort
bien de quelques-unes où j'ai été. Je me suis aussi réjoui
d'apprendre que vous, la cadette, vous soyez rétablie, mais
non que vous soyez montée dans la tribune, ce qui aurait
pu vous causer un nouveau mal. Il sera bien que l'une et

[1] Monastère fondé par la princesse doña Juana, sœur de Philippe II,
en la même msison où elle était née. Il était sous l'invocation de Notre-
Dame de la Consolation. Les religieuses suivaient la première règle
que sainte Claire reçut de saint François de Borja. (QUINTANA, *la Antigüedad, nobleza y grandeza de la villa de Madrid*, p. 413.)

Suivant la dépêche de Saint-Gouard du 10 juillet mentionnée à la
page précédente, ce fut le jour précédent que les infantes avec les
princes passèrent au monastère de *las Delcalzas*, ou plutôt à une
maison qui y était attenante et y communiquait, « pour les faire
« changer d'air » : l'opinion commune était que, l'été, à cause du voi-
sinage du Manzanares, l'air du palais n'était pas bon.

Dans une lettre du 26 avril, Saint-Gouard s'était plaint à la reine
mère de la manière dont les infantes étaient gouvernées : « Depuis
« qu'elles sont de retour à Madrid — disait-il — n'ont jamays sorti du
« pallais pour aller prendre l'air, attribuant cela au comte de Baraje
« (Barajas), qui est demouré à leur garde, et croy, à la vérité, que le
« Roy Catholique ne luy a pas donné charge de les traicter avec l'ap-
« preste qu'il semble qu'il faict, qui pourroit bien causer des indis-
« positions, tant à mes dictes dames qu'à monsieur le prince d'Es-
« paigne, qui est traicté tout de mesme. Et dans le pallais ou ilz sont
« il n'y a point de jardin, de manière qu'il fault qu'elles soient tou-
« jours dans des chambres. Et, du temps de la feue royne, elles
« s'alloyent proumener avec elle, et alloient souvent, tant à Arrangeois
« (Aranjuez), l'Escurial, que le Pardo, quand le roy y alloit. » (Bibliothèque nationale à Paris, Ms. fr., n° 16108.)

De son côté, le cardinal de Granvelle, le 18 mars 1581, écrivait à
la duchesse de Parme : « Monseigneur nostre prince et les aultres du
« sang se portent fort bien, combien que la façon de leur nourriture,
« les tenant si enserrez, ne me semble fort à propos, ny pour la santé,
« ny pour les diriger à la vie que princes venans en eage doibvent
« tenir pour se trouver entre gens : que me donne peine, et ne laisse
« d'en dire souvent mon opinion..... » (Archives Farnésiennes, à
Naples.)

l'autre vous ayez grand soin de faire, en cela et en tout ce que vous dira la comtesse [1], car elle en a beaucoup de votre service et de ce qu'il convient que vous fassiez ; je vous recommande donc ce point particulièrement : en agissant ainsi, vous ne pourrez errer en rien. La maladie du comte [2] me cause de la peine, pour le zèle avec lequel je sais qu'il vous sert tous. J'espère qu'il recouvrera la santé, comme il en est besoin. Les pêches sont arrivées en un tel état qu'on n'aurait pu savoir ce que c'était, si vous ne me l'aviez écrit ; je n'ai donc pu en goûter : ce que j'ai regretté beaucoup, parce que, venant du petit jardin qui est devant votre fenêtre, elles m'auraient fait grand plaisir. Ici il y a de même en quelques endroits de petits jardins qu'on nomme *alegretes* et qui ne sont pas mal. Nous en emporterons le plan, quoique je ne voie pas où là-bas l'on pourra en créer.

D'ici il n'y a rien à vous dire, sinon qu'hier mon neveu et moi nous fûmes à la messe au couvent des Dominicains, qui est situé sur une très-grande et belle place qu'on nomme *le Rucio*. L'après-midi vinrent deux princes mores qui sont ici, oncle et neveu [3], ce dernier encore enfant, avec beaucoup de Mores à pied et à cheval. Ce matin est sortie du port une flotte de quatorze ou quinze galions et navires

---

[1] La comtesse de Paredes, qui avait été *camarera mayor* de la reine Anne et était chargée du gouvernement des infantes.

[2] Le comte de Barajas, don Francisco Zápata de Cisneros, qui était grand maître de la maison des princes et des infantes.

[3] Ces deux princes étaient : l'un, Muley Nazar, le frère ; l'autre, Muley Jeque, le neveu du roi Negro, qui avait péri à la bataille d'Alcazarquivir. Le roi Henri leur avait donné asile en Portugal et pourvoyait à leur entretien : Philippe II ordonna que les secours qu'ils avaient reçus jusqu'alors leur fussent continués.

Avant que Philippe entrât à Lisbonne, Muley Nazar et Muley Jeque avaient fait les plus vives instances auprès du duc d'Albe pour qu'il leur fût permis d'aller présenter leurs hommages au nouveau souverain du Portugal. (*Documentos inéditos para la historia de España*, t. XXXIII et XXXV, *passim*.)

et caravelles avec mille Espagnols et mille Allemands, de
ceux que vous vîtes, lesquels vont à l'île de Tercère, qui
tient pour don Antonio : la flotte est en ce moment devant
Belem, attendant le vent propice pour mettre à la voile.
Cette après-midi nous allâmes la voir sur la galère capitane; il faisait un peu de vent; il y eut du mal de mer.
Après que nous l'eûmes passée en revue, ainsi que les
troupes qu'elle porte, en faisant le tour des navires, nous
revînmes en nous servant de la voile, pour profiter du vent
qui soufflait dans cette direction; jusqu'à ce jour nous
avions toujours été à la rame. Il était presque nuit quand
nous arrivâmes. Avant de quitter la galère, nous avons
assisté au salut qu'on a coutume d'y dire les samedis, afin
que mon neveu vît comment cela se pratique : la plus
grande partie en est dite avec le concours de ménétriers,
esclaves de la galère, qui jouent de divers instruments, ce
dont ils s'acquittent très bien. Je ne sais si vous aurez su
que, n'ayant personne ici qui sût toucher les orgues en la
chapelle, j'ai fait venir Cabezon [1]. Madeleine est montée
aujourd'hui sur la galère lorsque déjà j'y étais; je crois
qu'elle a eu un instant le mal de mer. Jusqu'à présent elle
n'ose ici se permettre beaucoup de choses; je crois que c'est
pour qu'on ne crie pas après elle comme après d'autres :
A la corde.

Vous ne direz pas que je ne vous donne pas beaucoup
de nouvelles.

Dieu vous garde comme je le désire !

De Lisbonne, le 10 juillet 1581.

Votre bon père.

[1] Dans les archives de la maison royale, à Madrid, il existe plusieurs
pièces concernant *Fernando de Cabezon*, qui y est qualifié de *músico*
du Roi. Il était attaché à la maison de Philippe II depuis le mois de
juin 1566.

VI

A LAS INFANTAS MIS HIJAS.

Lisboa, á 14 de agosto 1581.

El myércoles de mañana reciví vuestras cartas de
5 deste, y á la tarde las de 3, de manera que estas
tardaron mucho. Holgué mucho con ellas, por las
buenas [nuevas] que me dais de la salud de vuestro
hermano y de vosotras y la chica; y espero que presto
me las embiaréis tambien tales del chico; y no podrá
dejar de hazelle provecho el caldo que le guisan en
esa casa las monjas, como decís. Mañana pienso yr
por mar á oir misa en un monesterio que ay fuera de
aquí, de la mysma órden, que se llama la Madre de
Dios de Enxobregas, que creo que habréis oydo decir;
y después me pasaré á comer á uno de frayles francis-
cos qu'está allí junto. Y en medio está la casa donde
vivía la reyna my tia, y no la podré ver, porqu'están
allí sus criadas. Nunca a tronado ni aun creo que
llovido después qu'estoy aquí; y si lo hiziese, creo que
lo oyria bien, por ser casí las pieças de ala á teja vana,
de manera que se oyen todas las campanas del lugar,
que no dexan dormyr en amaneciendo. Bien creo que
los médicos havrán tenido el cuydado que decís, y
qu'el mysmo tendrán hasta qu'esté bueno el chico.
Estos dias haze harta calor, más no tanto como en
Badajoz con mucho, y no me querria acordar de tan

mal lugar. Y es tarde ni ay más que deciros, sino que os guarde Dios como deseo.

De Lisboa, á 14 de agosto.

Allá creo que tendréis 4 embaxadores de Venecia que se han despedido ya de my.

Vuestro buen padre.
(Parafe du Roi.)

VI

AUX INFANTES MES FILLES.

Lisbonne, 14 août 1581.

Mercredi matin je reçus vos lettres du 5 de ce mois, et l'après-midi celles du 3 : vous voyez que celles-ci ont beaucoup tardé. Les unes et les autres m'ont fait un grand plaisir, pour les bonnes nouvelles que vous me donnez de la santé de votre frère [1] et de vous deux, et de la petite [2]; j'espère que bientôt vous m'en enverrez de semblables du petit [3]. Le bouillon que les religieuses de cette maison [4] lui

---

[1] Le prince don Diego.

[2] La princesse Marie.

[3] Le prince Philippe.
A la Bibliothèque nationale, à Paris, il y a, dans le Ms. 416 du fonds italien, une série de nouvelles, en forme de lettres ou de relations, envoyées de Madrid en 1581, 1582 et 1583. M. Allred Morel-Fatio a eu la complaisance de m'en envoyer des extraits. Dans une lettre du 8 août 1581 on lit que le prince (don Diego) est hors de danger, mais que l'infant (don Philippe) est étique : *El príncipe nuestro señor está fuera de peligro, y el infante está ético.*
Je ferai plus d'un emprunt encore à cette série de nouvelles que j'indiquerai par les les lettres B. N. P.

[4] *Las Descalças.*

préparent, comme vous dites, ne pourra que lui faire du bien. Demain je pense aller par mer entendre la messe à un monastère du même ordre[1], qui s'appelle la Mère de Dieu de Xobregas, dont je crois que vous aurez entendu parler ; de là j'irai dîner à un couvent de frères franciscains qui est tout près. A mi-chemin se trouve la maison où vivait la reine ma tante[2] ; je ne la pourrai voir, parce que les femmes qui servaient la reine y sont. Depuis que je suis ici il n'a pas tonné, et je crois qu'il n'a pas plu : s'il tonnait, je l'entendrais bien, car les pièces de l'aile où j'habite sont fort légèrement couvertes, de sorte qu'on y entend toutes les cloches de la ville qui, le matin, empêchent de dormir. Je ne doute pas que les médecins n'aient eu le soin que vous dites du petit, et qu'ils n'en aient le même soin jusqu'à son rétablissement. Ces jours-ci la chaleur est assez forte, mais pas si grande pourtant qu'elle l'était à Badajoz : je voudrais ne me ressouvenir plus d'un si mauvais endroit. Il est tard, et je n'ai plus rien à vous dire, sinon que Dieu vous garde comme je le désire !

De Lisbonne, 14 août.

Je crois que vous aurez là-bas quatre ambassadeurs de Venise qui ont pris congé de moi[3].

Votre bon père.

[1] C'est-à-dire de religieuses déchaussées de l'ordre de saint François.
[2] Catherine d'Autriche, sœur de Charles-Quint, épouse du roi Jean III.
[3] La république de Venise avait, pour ambassadeur résident auprès de Philippe II, en 1580, Gioan Francesco Morosini. Le 5 octobre de cette année, le Sénat résolut d'envoyer au Roi, pour le féliciter sur l'acquisition du royaume de Portugal, une ambassade extraordinaire composée de Vincenzo Tron et Girolamo Lippomano. Dans l'été de 1581, Morosini, remplacé à la cour d'Espagne par Matteo Zane, alla présenter son successeur au Roi, à Lisbonne ; après quoi il prit congé, ainsi que les deux ambassadeurs extraordinaires. Zane ne tarda pas à

VII

A LAS INFANTAS MIS HIJAS.

Lisboa, á 21 de agosto... (1581).

Mucho he holgado con vuestras cartas y con las buenas nuevas que me dais de la salud de vuestros hermanos. Dios sela lleve adelante y á vosotras tambien como yo deseo. Estos dias he andado un poco desconcertado : no sé si tiene la culpa dello aver comido más melon algunos dias ántes, que los avía muy buenos, mas yo creo que no; y aunque he quedado un poco cansado, creo que me ha hecho provecho : que así agora quedo muy bueno. He estado dos medios dias en la cama, y no arreo sino á tercer dia, que así han acudido como á terciana, mas ya anoche me faltó, y á las tardes me lebantava. Y así no ay de que tengais cuydado, que quedo muy bueno, y ántes espero que me havrán escusado alguna otra enfermedad mayor. Con mucha verdad podeis creer que os deseo ver y á vuestros hermanos : placerá á Dios de ordenarlo de manera que pueda ser presto, como lo espero. Muy bien es que en pudiéndose pasen vuestros hermanos

les suivre. (ALBÈRI, *le Relazioni degli ambasciatori veneti al Senato*, sér. I, t. V, p. 336.)

Une lettre, en date du 27 décembre 1581, écrite par le cardinal de Granvelle au secrétaire Salazar, à Venise, fait connaître que Matteo Zane venait d'arriver à Madrid, de retour de son voyage en Portugal. (*Documentos inéditos para la historia de España*, t. XXXV, p. 351.)

las fiestas á vuestro aposento, pues es muy fresco, que yo le conozco muy bien mucho tiempo ha y desde que nació allí mi hermana que aya gloria. Y razon teneis de sentir no uyr misas cantadas y sermones, aunque despúes he savido qu'el dia de Nuestra Señora fuístes al monesterio : creo que os holgaríades en él; y la abbadesa m'escrivió que se podria hazer una puerta por donde pudiésedes entrar. A Valencia hago escrivir que vea como se podrá hazer : que bien será que algunas fiestas oyais los oficios myentras ay estuviéredes. Y paréceme que nos avemos encontrado en ir en un mysmo dia á las Descalças, vosostras á las de ay, y yo á las de aquí, que se llaman la Madre de Dios, y por estas creo hizo my hermana ese monesterio. Fuy por agua en galera, y desembarqué allí, que será media legua de aquí, fuera del lugar, en un barrio que se llama Enxobregas. Uymos misa, en la iglesia, de my capilla de aquí, que no es muy buena, y la iglesia es bonita. Y despúes de misa, tanto me dixeron que entraban allá los reyes que me hizieron entrar con my sobrino, y un obispo, capellan mayor, y un conde, camarero mayor, que hera uño de los cinco governadores. Anduve lo más de la casa; y como no he entrado en otra, parecióme muy bien y muy fresca; y allá dentro, en el capítulo, está depositada la infanta doña María, my tia, y una reyna en el claustro en llano. De ally fuy à comer y á vísperas á un monesterio de frayles franciscanos que está allí junto. Y en medio de los dos monesterios está una casa que seria buena, si fuese acabada, segun me dicen;

que yo no la he visto, porque están en ella algunas damas y otras criadas que dexaron de la reyna my tia, que posaba allí. Y á la tarde me bolví en las galeras, dando una buelta por el rio que creo que fué de dos ó tres leguas. Luego otro dia fué aquí dia de Sant Roque, que hizieron aquí una procesion general, por averse ya acabado del todo la peste, que después que yo entré aquí no ha avido casí nada y ya no lo ay. Vímosla, my sobrino y yo, desde unas ventanas que tengo sobre la Rua Nova por donde pasó, aunque son muy lexos de my aposento. Y ayer vímos otra, por las mismas ventanas, de la iglesia qu'es la perroquia desta casa, que se llama Sant Jian como el castillo. Y en algunas cosas hazen grandes ventajas estas procesiones á las de ay. Y sea nora buena aver cumplido, vos la mayor, xv años, qu'es gran vegez os tener ya tantos años, aunque con todo esto creo que aun no sois muger del todo. Y oy ha ocho dias que os quixe dar la nora buena, y al escrivir seme holvidó. Y vos, la menor, tambien cumpliréis presto catorze. Y muy bien hezístes en embiarme la carta de la abbadesa, y decilde que crea que se hará en aquello lo que mas convenga para todo, pues esto deseamos todos. He holgado de saver qu'esten ya buenos el conde y la condesa, que harto ha tardado en combalecer. Y no os digo más, por qu'está ya la cena en la mesa y son más de las ocho. Y Dios os guarde come deseo.

De Lisboa, á 21 de agosto.

Vuestro buen padre.

(Parafe du Roi.)

VII

AUX INFANTES MES FILLES.

Lisbonne, 21 août 1581.

Vous m'avez fait un grand plaisir par vos lettres et par
les bonnes nouvelles que vous me donnez de la santé de
vos frères : Dieu la leur conserve, et à vous aussi, comme
je le souhaite ! J'ai été un peu dérangé ces jours-ci : je ne
sais si c'est pour avoir, quelques jours auparavant, mangé
trop de melon, qui était fort bon, mais je ne le crois pas;
et, quoique j'en aie ressenti quelque fatigue, je pense que
cela m'aura fait du bien, car maintenant je me porte parfaitement. J'ai gardé le lit deux demi-jours, non à la suite
l'un de l'autre, mais à trois jours d'intervalle, de sorte que
c'était comme une fièvre tierce : mais déjà hier soir c'était
fini, et l'après-midi je m'étais levé. Vous n'avez donc pas à
vous inquiéter, car je vais maintenant très bien, et j'espère
même que ce qui m'est arrivé m'aura évité quelque autre
maladie plus grande [1]. Vous pouvez croire, en toute vérité,
que je désire vous voir, ainsi que vos frères : plaise à Dieu
de disposer les choses de manière que cela soit bientôt,
comme je l'espère [2] !

J'approuve beaucoup que, si cela se peut, vos frères
passent les fêtes dans votre logement, qui est très frais; je

---

[1] Le cardinal de Granvelle écrivait à Maximilien Morillon le 2 septembre : « Le Roy se porte fort bien. Il at heu le flux de ventre, que
« luy vient quasi tousjours en ceste saison, ce que luy cause plus de
« santé. » (Bibliothèque de Besançon.)

[2] On écrivait de Madrid, le 18 septembre, qu'on y espérait le retour
du Roi pour la Noël. (B. N. P.)

le connais fort bien, et il y a longtemps, car c'est depuis
que ma sœur, qui soit en gloire[1], y reçut le jour. Vous
avez raison de regretter de ne pas entendre de messes avec
chant ni de sermons; j'ai toutefois su depuis que, le jour de
la fête de la Vierge, vous êtes allées au monastère : je pense
que vous vous y serez plu. L'abbesse[2] m'a écrit qu'on pourrait ouvrir une porte par où vous y entreriez; je charge
Valencia[3] de voir comment cela sera faisable. Il sera à
propos que, pendant votre séjour là-bas, vous assistiez aux
offices, à quelques-unes des fêtes.

Il me paraît que nous nous sommes rencontrés dans l'idée
d'aller le même jour aux *Descalzas*, vous à celles de Madrid, et moi à celles de Lisbonne, dont la maison est appelée la Mère de Dieu; et je crois que ce fut en souvenance
de celle-ci que ma sœur fonda le monastère de là-bas. J'y
allai par eau sur une galère; c'est à une demi-lieue du
palais, hors de la ville, en un faubourg qui se nomme
Xobregas. Nous entendîmes la messe dans l'église hors du
couvent; elle fut chantée par ma chapelle d'ici, qui n'est
pas très bonne; l'église est jolie. Après la messe, on me dit
tant que les rois entraient dans le monastère, qu'on m'y fit
entrer, ainsi que mon neveu, avec un évêque, mon grand
chapelain, et un comte, mon grand chambellan, lequel avait

[1] Doña Juana.

[2] Elle était fille du duc don Juan de Borja et de doña Francisca de
Castro, et portait en religion le nom de *sor Juana de la Cruz*. Elle
avait été élue abbesse du couvent de *las Descalzas* peu après sa fon-
dation. Elle mourut le 28 avril 1601. Elle eut de grandes contestations
avec Philippe II au sujet des qualités qu'il voulait qu'on exigeât des
personnes qui solliciteraient leur admission parmi les religieuses.
(Fray Juan Carrillo, *Relacion histórica de la real fundacion del mo-
nasterio de las Descalzas*, etc., Madrid, 1621.)

[3] On trouve, dans les états de la maison de Philippe II, conservés
au palais de Madrid, un *Cristoval Valencia*, qui était attaché à la four-
rière du palais.

été l'un des cinq gouverneurs. Je parcourus la plus grande
partie de la maison, et, comme je ne suis pas entré dans
d'autres, elle me parut très bien et très fraîche : dans le cha-
pitre est déposé le corps de l'infante doña María, ma tante[1],
et dans le cloître gît celui d'une reine. De là nous allâmes
dîner et entendre les vêpres à un monastère de moines franciscains qui est tout près. Entre les deux monastères il y a
une maison qui serait bonne, à ce qu'on me dit, si elle
était achevée; je n'y suis pas entré, parce qu'il s'y trouve
plusieurs dames et d'autres personnes qui étaient au service
de la feue reine ma tante[2], laquelle habitait là. L'après-
midi je revins vers les galères, et nous fîmes une promenade
sur le fleuve, de deux à trois heures.

Le jour suivant, fête de Saint-Roch, il y eut ici une procession générale pour remercier Dieu de ce que la peste
avait entièrement cessé; depuis mon entrée à Lisbonne,
elle n'avait pas fait grand mal, et maintenant il n'en est
plus question. Nous vîmes cette procession, mon neveu et
moi, des fenêtres que j'ai sur la rue Neuve par où elle passa
et qui sont très loin de mes appartements. Hier nous en
vîmes une autre des mêmes fenêtres; elle sortait de l'église
qui est la paroisse de ce palais et qui se nomme Saint-Juliao
comme le château. En certaines choses ces processions
l'emportent sur celles de Madrid.

Je vous félicite, vous, ma fille aînée, d'avoir accompli
votre quinzième année[3] : c'est être déjà vieille que d'avoir
un tel âge, quoique avec tout cela, à ce que je crois, vous
ne soyez pas encore tout à fait femme. Il y a huit jours, je
voulais vous envoyer mes félicitations, et en écrivant je

---

[1] Fille d'Emmanuel le Fortuné et sœur d'Isabelle, épouse de Charles-
Quint.

[2] Voy. p. 108, note 2.

[3] Isabelle, comme nous l'avons dit p. 19, était née le 12 août 1566.

l'oubliai. Vous, ma fille cadette, vous accomplirez bientôt quatorze ans[1]. Vous avez très-bien fait de m'envoyer la lettre de l'abbesse; dites-lui qu'elle soit persuadée qu'il se fera en cela ce qui conviendra le mieux pour tout, puisque c'est ce que tous nous désirons. J'ai été charmé de savoir que le comte et la comtesse sont rétablis[2]; la convalescence de la comtesse a été assez longue.

Je ne vous en dis pas davantage, parce que le souper est servi, et il est plus de huit heures. Dieu vous garde comme je le désire !

De Lisbonne, le 21 août.

Votre bon père.

VIII

A LAS INFANTAS MIS HIJAS.

Cintra, á 2 de octubre 1581.

El myércoles recibí vuestras cartas con qué holgué mucho y con que fuesen largas. Y el jueves, à las ocho y media, nos partímos, my sobrino y yo. Y porqu'el esquife de la galera, que ya sabeis qu'es el barco della en que se va hasta la galera, no pudo llegar al embarcadero, por estar baxa la mar, ube de pasar por otro varco qu'estaba allí y estaba sin mástil; y al pasar por ello metí una pierna por el agugero del mástil y casí cay, pero tuveme bien y no cay en el agua, sino dentro

---

[1] Catherine (voy. p. 22) était née le 10 octobre 1567.
[2] Voy. p. 104, notes 1 et 2.

de la varca. Y pudiera me hazer harto mal en la pierna
que metí en el agugero, y todadía me dí un golpe en
la espinilla que me dolió harto por un rato y se me
desolló un poco; pero no fué nada, y agora la tengo
ya buena. Entrámos en la galera y fuymos á Cascaes,
que son cinco leguas, en tres horas, que nos hizo buen
tiempo, y fuymos à la vela; y como ya por allí es la
mar fuera del puerto de Lisboa, ubo hartos mareados,
y my sobrino y yo lo estuvímos un poco; pero pasó-
senos luego, de manera que en llegando á Cascaes comímos en la galera. Y en comyendo todos nos desem-
barcámos y fuymos à casa, qu'es buena y algunas
pieças pintadas. Y otro dia hizo un poco de tormenta,
de manera que pudiéramos mal venir por mar. Otro
dia, que lo hera de Sant Miguel, uymos misa y comy-
mos allí, y fuymos à Peñalonga, qu'es monesterio de
Sant Hieronimo, el primero que huvo acá de su órden,
y uymos vísperas suyas. Y el sábado, que hera su dia,
estuvímos allí y uymos misa y sermon, y yo vísperas,
porque my sobrino fué á caça y mató un venado, y
oyó bramar no sé quantos ciervos ay por allí. Y él
avía visto ántes los jardines y huertas, y yo los ví después, y son buenos y muchos, y muy buenas fuentes,
que las tomaria yo por allá. El domyngo uymos misa
cantada y comímos, y después venímos á otro monesterio de la misma órden, y pequeño, que se llama
Nuestra Señora da Peña, porqu'está todo él sobre una
peña muy alta, de adónde se descubre gran vista de
mar y tierra, sino que ay tanta niebla que lo más del
tiempo no se vee; y así me embaraçó ayer para que

no lo pudiesemos ver bien. Y ay una legua casí de subida del un monesterio al otro; y cierto el de arriva es
de ver, y el otro tambien por las fuentes y jardines;
y llámase Peñalonga por una peña que tiene allí
junto, bien estraña. En el de arriva uymos vísperas, y
despúes nos baxámos á este lugar, qu'es muy fresco y
dicen que muy bueno de verano, y báxase más de
media legua. Llegámos ya tarde, que no pude ver sino
un poco de la casa. Oy no he salido della, por despachar este correo y por ver esta casa, que, aunque es
antigua, tiene muy buenas cosas y algunas que no me
parece que en ninguna parte las he visto tales; y hol-
gára yo harto de veros en ella, porque creo que holgá-
rades, que tiene jardines y fuentes. Y no quiero decir
más della, porque seria cosa larga, y será mejor
dexarlo para contaroslo quando, placiendo á Dios, os
vea. Mañana y esotro pienso ir al campo, y despúes
bolverme á Lisboa, de adónde os escriviré lo que más
huviere, si me dexaren. Muy bien está que todos lo
esteis y que vuestro hermano letree tambien como
decís, y así procurad que lo lleve adelante. Y he holgado de que fuéredes á misa, el dia de Sant Matheo,
por la puerta nueva; y el que fuístes al monesterio no
hera de Sant Victor, aunqu'está allí su cuerpo, sino
de Sant Mauricio y sus compañeros, como veréis en
el calendario; y porque Sant Victor hera uno dellos,
le hazen la fiesta aquel dia; y creo qu'estarian bien
las reliquias. No ay por acá tantas como allá. Mucho
me pesa que la condesa ande todadía ruin como decís,
y así no le dexeis que se rija mal. No he savido más

de la venida de my hermana, á lo menos cosa cierta. Creo que no se podrá dexar de saver con el correo de myércoles. Las armadas de las Indias llegaron ya, como abreis savido, si no fué una que se pensó que se avía perdido; pero después se ha savido que llegó á la isla de la Madera; y así creo que no se perderá nada. Y por ser ya esta muy larga y ser tarde, no digo mas sino que vos, la menor, tengais quenta con lo del carrillo, pues seos hincha tantas vezes. Y Dios os guarde como deseo.

De Sintra, á dos de otubre 1581.

Vuestro buen padre.

(Parafe du Roi.)

VIII

AUX INFANTES MES FILLES.

Cintra, 2 octobre 1581.

J'ai reçu mercredi vos lettres, qui m'ont fait beaucoup de plaisir, surtout parce qu'elles étaient longues. Jeudi [1], à huit heures et demie, nous partîmes, mon neveu et moi. Comme l'esquif de la galère (vous savez que c'est le canot dans lequel on va à celle-ci) ne put parvenir jusqu'à l'embarcadère, à cause que la mer était basse, je dus, pour le joindre, passer sur une barque qui était là, démâtée; en y passant, je mis un pied dans l'ouverture pratiquée pour le mât, et je tombai presque, mais je me tins bien, et ce fut, non dans l'eau, mais dans la barque, que je faillis tomber.

[1] 28 septembre.

J'aurais pu me faire assez de mal à la jambe, et je me donnai un coup au tibia qui me fit assez souffrir un moment; même j'en fus un peu écorché : mais ce ne fut rien, et maintenant je ne m'en ressens plus. Nous montâmes sur la galère, et en trois heures nous arrivâmes à Cascaes, qui est à une distance de cinq lieues; le temps était bon, et nous naviguâmes à la voile. De ce côté-là de Lisbonne on entre dans la mer en sortant du port; aussi il y eut assez de personnes qui eurent le mal de mer; nous en souffrîmes un peu, mon neveu et moi, mais pas longtemps, de sorte qu'à notre arrivée à Cascaes nous dînâmes en la galère. Après dîner nous débarquâmes tous et nous allâmes au château, qui est bien et dont plusieurs pièces sont ornées de peintures.

Le jour suivant il y eut un peu de tempête qui ne nous aurait guère permis de venir par mer. C'était la fête de Saint-Michel; nous entendîmes la messe et nous dînâmes là; puis nous fûmes à Peñalonga, monastère de Saint-Jérôme, le premier de cet ordre qu'il y ait eu en Portugal, et nous y assistâmes aux vêpres. Samedi, qui était la fête de ce saint [1], nous retournâmes au monastère; nous y entendîmes la messe et le sermon, et moi j'assistai de plus aux vêpres, tandis que mon neveu fut à la chasse : il tua un sanglier [2], et entendit bramer je ne sais combien de cerfs qu'il y a par là. Il avait vu auparavant les jardins et les vergers; je les visitai à mon tour : ils sont beaux et nombreux, et il s'y trouve de belles fontaines que je prendrais volontiers pour là-bas. Dimanche nous entendîmes une messe avec chant. Après avoir dîné, nous allâmes à un autre monastère du même ordre, mais plus petit et qui se nomme *Nossa Senhora da Peña,* parce qu'il est entièrement situé

[1] 3o septembre.
[2] Ou un daim.

sur un rocher très-élevé d'où l'on voit une grande étendue
de mer et de terre : mais le brouillard y est si épais que la
plupart du temps on ne voit rien, et c'est ainsi qu'hier il
nous empêcha de bien voir. Il y a presque une lieue de
montée d'un monastère à l'autre. Celui d'en haut est certainement digne d'être vu ; l'autre aussi pour ses fontaines
et ses jardins. Ce dernier a été nommé *Peñalonga*, pour un
rocher qui est tout près et qui est bien étrange. Au monastère d'en haut nous entendîmes les vêpres.

Nous descendîmes ensuite à Cintra, qui est un endroit
très frais et, à ce qu'on dit, très agréable l'été : la descente
est de plus d'une demi-lieue. Il était déjà tard quand nous
arrivâmes : c'est pourquoi je ne pus voir qu'une partie du
château. Aujourd'hui je ne suis pas sorti afin de dépêcher
ce courrier et de visiter la maison qui, quoique ancienne,
est remarquable par d'excellentes choses ; il y en a qu'il ne
me paraît pas que j'aie vues ailleurs ; je serais bien charmé
de vous y voir, persuadé que vous vous y plairiez, car il
s'y trouve des jardins avec des fontaines. Je ne veux pas
vous en parler davantage, parce qu'il me faudrait entrer
dans de longs détails ; je les réserve pour vous les conter,
quand, au plaisir de Dieu, je vous reverrai. Demain et le
jour d'après je pense aller à la campagne ; ensuite je retournerai à Lisbonne, d'où je vous écrirai ce qu'il y aura encore à vous dire, si l'on m'en laisse le loisir.

C'est une bonne chose que vous soyez bien et que votre
frère[1] épelle aussi bien que vous le dites ; faites en sorte qu'il
continue. J'ai été charmé que vous ayez été à la messe le
jour de Saint-Mathieu[2], par la nouvelle porte[3]. Le jour

---

[1] L'infant don Philippe.
[2] 21 septembre.
[3] Voy. p. 113.

que vous fûtes au monastère n'était pas la fête de Saint-Victor, quoique son corps repose là [1], mais celle de Saint-Maurice et de ses compagnons, comme vous verrez dans le calendrier [2]; saint Victor était un de ceux-ci; c'est pourquoi on célèbre sa fête ce jour-là. Je crois que les reliques [3] sont bien conservées; il n'y en a pas autant en Portugal qu'en Espagne. Je suis très-peiné que la comtesse [4] aille toujours mal, comme vous le dites; soyez attentive à ce qu'elle se soigne bien. Je n'ai plus rien su de la venue de ma sœur, au moins avec quelque certitude; je crois que le courrier de mercredi m'en apportera des nouvelles. Les flottes des Indes sont arrivées [5], comme vous l'aurez appris, à l'exception d'un navire que l'on crut s'être perdu : mais depuis on a su qu'il est arrivé à l'île de Madère; ainsi j'espère qu'il n'y aura aucune perte.

Cette lettre est déjà fort longue, et il est tard : aussi je n'en dirai pas plus, sinon que vous, la cadette, vous preniez garde à votre joue, puisqu'elle s'enfle si souvent. Dieu vous garde comme je le désire !

De Cintra, le 2 octobre 1581.

Votre bon père.

[1] Il avait été apporté de Vienne et donné au couvent par Anne d'Autriche, lorsqu'elle vint épouser Philippe II. (Fray JUAN CARRILLO, *Relacion historica*, etc., fol. 50.)

[2] C'est-à-dire le 22 septembre.

[3] Fray Juan Carrillo (fol. 49-50) donne la description de toutes ces reliques.

[4] Voy. p. 104, note 1.

[5] Dans une lettre écrite de Lisbonne, le 20 septembre 1581, au secrétaire d'État de Villeroy, l'ambassadeur Saint-Gouard lui donnait de bonnes nouvelles de la santé du Roi, « lequel, disait-il, passe tout « le jour à une fenêtre, voiant avecque très grand plaisir descharger « les navires venus de l'Inde ». (Bibliothèque nationale, à Paris : Ms. 16108 du fonds français, fol. 56.)

IX

A LAS INFANTAS MIS HIJAS.

Lisboa, á 23 de octubre 1581.

El lúnes os escriví tan largo que tendré agora poco que decir, porque después acá no he ido fuera, por esperar á my sobrino, que aunque sele avía quitado la calentura y estava ya levantado, le bolvió antenoche una poca y la tiene todadía, y oy le han sagrado un poco, que no le sacaron mas de 4 onças, y aunqu'es poco el mal, me da á my harto cuydado, y más siendo en los dias que es. Placerá á Dios darle salud y presto, y así selo pedid vosotras, y á la abadessa que tambien selo pidan en ese monesterio, que todadía es bien, au nque la calentura es muy poca. Con tener capillay adónde oir misa, porque se acabó la que se hazia, se pasa mejor el no ir fuera. Pues decís que vuestro hermano leeria mejor si tubiese más cuydado, acordalde que le tenga, para que, quando yo baya, placiendo á Dios, sepa ya leer bien y escrivir algo, y decilde que para quando escriviere, yo le embiaré una escrivanía de la India; y muy de tarde en tarde me parece que os veis, pues decís que no es sino las fiestas. Madalena está muy enojada comygo después que os escrivió, porque no reñí á Luis Tristan por una quistion que tuvieron delante de my sobrino, que yo no la oí, y creo que la començó ella, que ha dado en desonrarle.

Se ha ido muy enojada comygo, diciendo que se quiere ir y que le ha de matar : mas creo que mañana se le havrá ya holvidado. Tambien aquí a hecho muy buenos dias, y aun calor; y si no haze mas frio que agora, será harto poco, mas bien creo que hará más. De my ida no sé aun que os diga, sino que la deseo y procuro, aunque esta indispusicion de my sobrino no ayuda mucho á ello, pues estos dias no me puede ayudar, y así tendré yo más que hazer y havré menester más tiempo para ello. Placerá á Dios darle presto salud y traer con ella á my hermana, que yo creo que deve ser ya embarcada, aunque ha muchos dias que no tengo carta suya. Y él os guarde como deseo.

De Lisboa, á 23 de otubre 1581.

Vuestro buen padre.

(Parafe du Roi.)

IX

AUX INFANTES MES FILLES.

Lisbonne, 23 octobre 1581.

Je vous ai écrit lundi si longuement que j'aurai aujourd'hui peu de choses à vous dire, car depuis je n'ai pas été dehors, attendant mon neveu : la fièvre l'avait quitté, et il s'était levé; avant-hier au soir elle lui revint et il l'a encore; aujourd'hui on lui a fait une petite saignée, seulement de quatre onces. Quoique le mal ne soit pas grand, il me cause de la peine, surtout en des jours comme ceux-ci.

Plaise au Ciel de lui donner la santé, et bientôt [1]! Demandez-le vous-même à Dieu, et priez l'abbesse [2] de le lui faire
demander dans son monastère : cela sera à propos, quoique
la fièvre ne soit pas forte. Puisque la chapelle où vous
pouvez entendre la messe s'est achevée, vous ne serez plus
obligée d'aller dehors. Vous dites que votre frère [3] lirait
mieux s'il se donnait plus de peine : recommandez-lui de
la prendre, afin que, quand je retournerai à Madrid, au
plaisir de Dieu, il sache bien lire et un peu écrire; dites-lui
que, quand il écrira, je lui enverrai une écritoire des Indes.
Il me paraît que vous vous voyez bien rarement, puisque,
d'après votre lettre, ce n'est que les jours de fête. Madeleine
est très fâchée contre moi depuis qu'elle vous a écrit, et
c'est parce que je n'ai pas grondé Luis Tristan à propos
d'une querelle qu'ils eurent ensemble devant mon neveu.
Je n'étais pas présent, et je crois que ce fut elle qui commença, en traitant Luis Tristan avec mépris. Elle s'en est
allée de très mauvaise humeur contre moi, disant qu'elle
veut partir et qu'elle le tuera : mais je crois que demain
elle aura tout oublié. A Lisbonne aussi nous avons eu un
très beau temps; il a même fait chaud : si nous n'avons
pas plus de froid que maintenant, ce sera bien peu; mais
je crois que nous en aurons davantage. De mon retour à
Madrid je ne sais encore que vous dire, sinon que je le
désire et le hâte autant que possible : mais cette indisposition de mon neveu ne contribuera guère à l'avancer, car
en ce moment il ne peut m'aider, et ainsi j'aurai plus à
faire, et j'aurai besoin pour cela de plus de temps. Plaise

---

[1] Dans une lettre de Madrid, du 30 octobre, il est dit que Philippe II
faisait des visites fréquentes à l'archiduc : *Su Magestad le visita muy
á menudo.* (B. N. P.)

[2] Voy. p. 113, note 2.

[3] Don Diego.

au Ciel qu'il recouvre bientôt la santé, et que ma sœur qui,
à ce que je crois, se sera déjà embarquée, quoique depuis
longtemps je n'aie pas eu de lettre d'elle, nous arrive bien
portante ! Dieu vous garde comme je le désire !

De Lisbonne, le 23 octobre 1581.

Votre bon père.

X

A LAS INFANTAS MIS HIJAS.

Lisboa, á 30 de octubre 1581.

Es muy tarde, y así no podré deciros sino que recibí
dos cartas de cada una de vosotras con las que my
hermana os escrivió, que no podreis quexaros de quan
cortesmente os escrive. Y ya creo le havreis escrito
con don Antonio de Castro, y respondídole á sus cartas
que os embió; y deseo mucho saver que sea ya desembarcada; y hizo aquí tormenta una noche destas, y se
ahogó un correo, que me ha puesto en mucho cuydado,
aunque espero que no llegaria allá la tormenta, que
no es tan brava aquella mar como esta; y parece que
adevinávades, vos la mayor, lo que os avía d'escrivir
my hermana, que la encomendásedes á Dios, quando
m'escrivístes que se hiziese así. Yo tuve una carta suya
de un dia ó dos después de las vuestras, y después acá
no he savido más della. Estava entónces aun harto
lexos. El mal de my sobrino fué creciendo desde que

os escriví, y teniendo crecimientos cada dia, que le duravan lo más de la noche, y así le sangraron otra vez, y ayer se purgó, y le han faltado ya los crecimientos, y la calentura es poca, aunque todadía tiene alguna, y va estando mejor, y espero en Dios que lo estará presto del todo. Y él os guarde como deseo, que no puedo decir más, y tanpoco no ay, que no ha avido cosa de nuevo estos dias.

De Lisboa, á 3o de ot⁰ 1581 ¹.

Vuestro buen padre.

(Parafe du Roi.)

X

AUX INFANTES MES FILLES.

Lisbonne, 3o octobre 1581.

Il est fort tard : c'est pourquoi je ne pourrai que vous accuser la réception des deux lettres de chacune de vous, accompagnées de celles que ma sœur vous a adressées. Vous ne sauriez certes vous plaindre de la courtoisie dont elle use en vous écrivant. Vous lui aurez, je le suppose, répondu par don Antonio de Castro ². Je désire beaucoup

¹ Au dos il est écrit, d'un caractère du dix-huitième siècle : *S. M. Cat*ᵃ, *3o X*ᵇʳᵉ *1581*. Celui qui a tracé cette indication aura mal lu les lettres *ot*ᵉ.

² Don Antonio de Castro, seigneur de Cascaes, avait été envoyé par Philippe II pour complimenter l'impératrice, sa sœur, à son arrivée en Espagne, en son nom et en celui des princes ainsi que des infantes. (B. N. P.)

Ce gentilhomme portugais avait, dès le principe, embrassé avec ardeur la cause du Roi. Le duc d'Albe, dans sa correspondance avec

apprendre qu'elle soit débarquée. Une des dernières nuits
il y a eu ici une tempête, et un courrier s'est noyé : cela
m'a mis dans une grande inquiétude. J'espère toutefois que
la tempête ne se sera pas fait sentir là-bas; la Méditerranée
n'est pas aussi terrible que l'Océan. Il paraît que vous aviez
deviné, vous, ma fille aînée, que ma sœur vous écrirait
afin que vous la recommandassiez à Dieu, quand vous
m'écrivîtes qu'on le fît ainsi. J'eus une lettre d'elle un jour
ou deux après avoir reçu les vôtres; depuis je n'ai plus eu
de ses nouvelles. Elle était alors encore assez loin. Le mal
de mon neveu s'augmenta depuis que je vous écrivis: chaque
jour il avait des redoublements de fièvre qui lui duraient
la plus grande partie de la nuit : c'est pourquoi on le saigna
une seconde fois, et hier il s'est purgé. Les redoublements
ont cessé, quoiqu'il ne soit pas encore tout à fait délivré de
la fièvre, et son état va en s'améliorant. J'espère qu'il sera
bientôt entièrement rétabli. Que Dieu vous garde comme
je le désire! Je ne peux vous en dire davantage, et il n'y a
d'ailleurs pas matière, car rien de nouveau n'est arrivé ces
jours-ci.

De Lisbonne, le 30 octobre 1581.

Votre bon père.

son maître *(Documentos inéditos para la historia de España,* t. XXXIII),
fait de lui le plus grand éloge; il le recommande tout particulièrement à la bienveillance royale.

XI

A LAS INFANTAS MIS HIJAS.

Lisboa, á 20 de noviembre 1581.

Mucho he holgado con estas vuestras cartas, aunque cortas. Y ya avía savido como á vos, la menor, os avía faltado la quartana: de que holgué mucho, y creo que no lo devió de ser. My sobrino está ya bueno, y ayer fuymos á misa á un monesterio de unos frayles que andan de açul oscuro, que se llama Santaboya, y tiene muy buena vista. Yo creo que my hermana no se embarcaria quando escrivieron de Génova, mas espero que presto sabrémos qu'es desembarcada, porque haze agora muy buen tiempo para venir, y tengo's mucha embidia á que lo sabréis primero que yo. Aquy haze agora muy lindo tiempo, aunque frio, que no pensé que hazía tanto aquí, y así tengo ya fuego. Y porque me dicen que le haze en el aposento de vuestros hermanos, me parece que os bolvais al alcaçar, y así lo escrivo al conde. Escrivíréisme como hallais las obras y lo demás, después que lo dexástes de ver. Quando se partió el legado qu'estuvo en Badajoz, de Elvas, me hizo un presente de cuentas de perdones y agnus Dei, y creo que me dixo que partiese con vosotras; y como me partí de allí luego, no lo pude hazer ni se me acordó hasta agora; y así os embio agora parte dello; y en los papeles que van allí veréis los perdones que son; y con cada quenta de aquellos y de los coloradillos se ganan aquellos perdones; y los colo-radillos pueden ser para repartir, y los rosarios para vosotras y vuestro hermano y para que comyence á reçarle. Otras quentas van allí que no son destas, sino de la India, como veréis en ellas, y estas podríades dar á vuestra hermana la chiquita, que no ha menester agora perdones, y podrá las traer como os pareciere; y poneldes otro cordon mejor, porqu'es muy bellaco el que tienen, qu'es el mysmo con que las compré. Y porqu'es muy tarde y estoy muy cansado, no digo sino que os guarde Dios como deseo.

De Lisboa, á 20 de noviembre 1581.

Vuestro buen padre.

(Parafe du Roi.)

XI

AUX INFANTES MES FILLES.

Lisbonne, 20 novembre 1581.

Vos lettres m'ont fait beaucoup de plaisir malgré leur brièveté. Déjà j'avais appris que vous, la cadette, vous étiez libre de la fièvre, et je m'en étais réjoui : je crois que ce que vous aviez n'était pas réellement la fièvre. Mon neveu est rétabli. Hier nous fûmes à la messe à un monastère de religieux qui sont vêtus de bleu foncé ; ce monastère s'ap-pelle *Santaboya;* on y jouit d'une très belle vue. Je crois que ma sœur ne se sera pas embarquée quand on l'a écrit

17

de Gênes [1]; j'espère que bientôt nous apprendrons son débarquement, car le temps est excellent pour la traversée. Vous le saurez avant moi, et je vous en porte grande envie. Ici le temps est maintenant très agréable, quoique froid : je ne pensais pas que le froid y fût aussi vif, et j'ai déjà du feu. Comme l'on me dit qu'on ressent le froid dans l'appartement de vos frères, il me paraît à propos que vous retourniez au palais, et j'écris en conséquence au comte [2]. Vous me marquerez comment vous avez trouvé les ouvrages qui y ont été faits et le surplus, depuis que vous l'avez quitté.

Quand le légat [3] qui vint à Badajoz partit d'Elvas, il me fit présent de chapelets de pardons et d'agnus-Dei, et je crois qu'il me dit de les partager avec vous. Comme je me mis en route bientôt après, je ne le pus faire, et depuis je l'oubliai. Maintenant je vous en envoie une partie. Dans les papiers qui vont là-bas vous verrez ce que sont ces pardons : on les gagne avec chacun de ces chapelets et de ceux qui sont coloriés [4]; ces derniers, vous pouvez les distribuer, en gardant les rosaires pour vous et votre frère, afin qu'il commence à s'en servir dans ses prières. D'autres chapelets vous sont expédiés, qui ne sont pas de la même sorte, mais viennent des Indes, comme vous le verrez; ceux-ci, vous pourriez les donner à votre petite sœur, qui, pour le présent, n'a pas besoin de pardons; elle les porterait ainsi que vous le jugeriez convenable. Mettez-y un autre cordon qui soit meilleur; celui qu'ils ont et qui y était quand je les achetai est très-mauvais.

[1] D'après une lettre de Madrid, du 15 novembre, l'impératrice avait écrit de Gênes, le 22 octobre, qu'elle s'embarquerait le 28. (B. N. P.)

[2] De Barajas.

[3] Le cardinal Alexandre Riario, Bolonais, patriarche d'Alexandrie.

[4] Nous ne savons si nous avons bien compris ce passage.

Comme il est tard et que je suis fatigué, je ne dis rien de plus, sinon que Dieu vous garde comme je le désire.

De Lisbonne, le 20 novembre 1581.

Votre bon père.

XII

A LAS INFANTAS MIS HIJAS.

Lisboa, á 25 de diciembre.... (1581).

No pude escríviros el lúnes pasado, ni agora podré responderos, porqu'es tarde y no se çufre trasnochar esta noche, porque la pasada me acosté á las tres, porque se acabó poco ántes la misa del gallo que oy y las maytines desde una ventana que tengo por acá dentro sobre la capilla, como os lo escriviré el lúnes, si se me acordáre, y de una tormenta que huvo aquí la otra noche, con que se perdieron algunos navíos y se ahogó gente, y estuvo harto cerca de ser mucho mayor el daño; y diérame mucho cuydado, si no supiera ya que hera llegada my hermana, aunque no por carta suya; ni la he tenido hasta esta noche, que ha poco que reciví una suya de Colibre, de otro dia después que se desembarcó; y creo que se quiere venir desde allí por tierra hasta Barcelona, aunqu'es muy ruin camyno, por no bolverse á embarcar; y diz que vino muy mareada, que tubo gran tormenta la noche ántes que llegó, de manera que tubieron peligro algunas

galeras; pero ya estavan sin él. Ya creo que lo sabréis
allá todo esto, y Dios os guarde y os dé á todos tan
buenas Pasquas como os las deseo.

De Lisboa, á 25 de deziembre.

Vuestro buen padre.

(Parafe du Roi.)

XII

AUX INFANTES MES FILLES.

Lisbonne, 25 décembre 1581.

Je ne pus vous écrire lundi dernier, et maintenant je ne
pourrai vous répondre, parce qu'il est tard et que je ne
saurais veiller cette nuit, m'étant, la nuit passée, couché à
trois heures, à cause que la messe de minuit s'acheva peu
auparavant, laquelle j'entendis, ainsi que les matines, d'une
de mes fenêtres donnant sur la chapelle, comme je vous
l'écrirai lundi, si je ne l'oublie pas. Je vous parlerai aussi
d'une tempête qu'il y eut ici l'avant-dernière nuit et dans
laquelle plusieurs navires ont péri et des personnes se sont
noyées : il s'en fallut même de peu que le dommage ne fût
encore plus grand. J'aurais été fort inquiet si je n'avais su
l'arrivée de ma sœur, non qu'elle me l'eût écrit, car c'est
seulement ce soir que j'ai eu une lettre d'elle. J'en avais
reçu une, il y a peu de jours, datée du lendemain de son
débarquement à Collioure. Je crois qu'elle veut aller de là
à Barcelone par terre, quoique le chemin soit très mauvais, pour ne pas s'embarquer de nouveau. On me dit
qu'elle est débarquée fort incommodée du mal de mer;
que, la nuit qui précéda son arrivée, il y eut une tempête

qui mit en danger plusieurs galères, mais qu'elles y échap-
pèrent. Je crois que tout cela, vous le savez là-bas. Dieu
vous garde et vous donne à tous d'aussi bonnes pâques[1]
que je le désire!

De Lisbonne, le 25 décembre.

Votre bon père.

XIII

A LAS INFANTAS MIS HIJAS.

Lisboa, á 15 de enero 1582.

Muy buenas nuevas son para my saver que todos
lo estais; y paréceme que se da mucha priesa vuestra
hermanica en salirse los colmillos : deven de ser en
lugar de dos que se me andan por caer, y bien creo que
los llevaré menos quando baya ay; y con que no sea
más que esto se podrá pasar. Bien temprano se acabaron las maytines de los Reyes. Tambien acá las dixeron temprano; mas yo no los oy, por tener mucho
que hazer. Y todos los dias las dicen aquí en la capilla,
y todas las horas mayores, los capellanes. Las vísperas
de las fiestas principales las dicen las noches ántes, y
los otros dias á las mañanas : mas nunca las oyo.
Estoy espantado de no saverse nada de my hermana,
y aun con mucho cuydado, porque desde otro dia

---

[1] En Espagne on dit les pâques de Noël comme les pâques de
Résurrection.

que se desembarcó, no he savido más della, y no sé
qué pueda ser. No puedo creer sino que se a ahogado
algun correo. Tambien es terrible el tiempo que
haze aquí y lo que llueve, y algunas vezes con muy
grandes truenos y relámpagos, que en este tiempo
no les he visto. Y esto seria bueno para vos, la mayor,
si no les aveis perdido ya el myedo. No haze frio, que
todo es llover, y agora á gran rato, que parece que se
cae el cielo de agua; y ha avido grandes tormentas, y
no se han perdido tantas naos como Luis Tristan os
escrive, ni aun creo que ningunas, sino algunas varias
pequeñas, y no muchas. Y el correo pasado, que
llebava una carta mya para vosotras, creo que tardaria
en llegar, porque por andar el rio tan bravo, no pudo
partir el correo el mártes de mañana, que suele partir,
sino el myércoles; y así no creo que llegaria ay ántes
que partiese el ordinario de ay. Ya creo que Madalena
no está tan enojada comygo; pero ha dias qu'está mala,
y áse purgado y quedado de muy mal humor, y ayer
vino acá; y está muy mal parada y flaca y vieja y sorda
y medio caduca, y creo qu'es todo del bever, que por
esto creo que huelga d'estar sin su yerno. Oy no la he
visto, y creo no os escrive, por andar de tan mal humor; y ayer me dixo que no estava enojada con la que
os escrivió, que llaman Mariola, y se llama Marifer-
nandez, y así lo creo, porque ántes huelga de uirla
cantar, y con razon, porque canta muy bien, sino
qu'es tan gorda y tan grande que casí no cabe por la
puerta. Y creo bien que doña Anna de Mendoça deve
servir tambien á vuestros hermanos chicos como vos,

la menor, me lo escrivís. Diéronme el otro dia lo que
va en esa caxa, y dixéronme que hera lima dulce; y
aunque no creo qu'es sino limon, os la he querido
embiar, porque si fuere lima dulce, no he visto ninguna tan grande. No sé si llegará allá buena. Si lo
llegáre, probalda y avisadme lo que fuere, porque no
puedo creer qu'es lima dulce, por ser tan grande; y
así holgaré de saver lo que es y que me lo escrivais.
Y un limoncillo que va allí no es sino por henchir la
caxa. Tambien van allí unas rosas y azahar, porque veais que lo ay acá; y así es que todos estos dias
me trae el Calabrés ramilletes de lo uno y lo otro; y
muchos dias ha que los ay de violetas. Junquillo no
ay acá : que si le hubiera, creo que ya hubiera salido,
pues ay estotras cosas. Segundo que llueve, creo que
le habrá ay presto y para quando venga ay my hermana, ó poco después. Y Dios os guarde como deseo.

De Lisboa, á xv de enero 1582.

Ayer fuymos á misa á una iglesia que se llama la
Conception, y es de clérigos de la órden de Christo.

Vuestro buen padre.

(Parafe du Roi.)

XIII

AUX INFANTES MES FILLES.

Lisbonne, 15 janvier 1582.

Ce sont d'excellentes nouvelles pour moi que d'apprendre
que vous vous portez tous bien. Il me paraît que les dents

canines viennent vite à votre petite sœur : ce doit être à la
place de deux que je suis à la veille de perdre, et je crois
que je ne les aurai plus quand je retournerai là-bas. Si je
n'ai pas d'autre sujet de me plaindre, cela pourra passer.
Les matines du jour des Rois se sont achevées bientôt. Ici
aussi on les a dites de bonne heure : je n'y ai pas assisté,
ayant beaucoup à faire. Chaque jour, à la chapelle, les
chapelains les disent, ainsi que toutes les grandes heures.
Les veilles des fêtes principales, on les dit la nuit d'auparavant, et les autres jours le matin : mais jamais je ne les
entends. Je suis étonné et de plus fort inquiet de n'apprendre rien de ma sœur depuis le lendemain du jour où
elle débarqua ; je ne sais quelle en peut être la cause : je
suppose que quelque courrier se sera noyé. C'est aussi une
chose terrible que le temps qu'il fait ici et la pluie qui
tombe, et quelquefois avec de grands coups de tonnerre et
des éclairs : ce qu'en cette saison je n'ai jamais vu. Ce
serait bon pour vous, ma fille aînée, si vous en avez encore
peur. Il ne fait pas froid, mais il pleut sans cesse, et en ce
moment avec force, tellement qu'on dirait que le ciel se
fond en eau. Il y a eu de grandes tempêtes, mais il ne s'est
pas perdu autant de navires que Luis Tristan vous l'écrit ;
je crois même qu'il ne s'en est perdu aucun, mais seulement quelques petites barques. Le courrier passé, qui vous
portait une lettre de moi, aura probablement été en retard,
parce que le Tage était si furieux que ce courrier ne put
partir le mardi matin, comme de coutume, et qu'il se mit
en route seulement le mercredi : je crois donc qu'il ne sera
pas arrivé avant le départ de l'ordinaire de là-bas. Il me
semble que Madeleine n'est plus si fâchée contre moi ; mais
il y a quelque temps qu'elle est malade : elle s'est purgée,
et elle est restée de très mauvaise humeur. Hier elle vint

ici : elle est dans un triste état, faible, vieille, sourde et à
moitié caduque. Je crois que tout cela provient de ce qu'elle
boit, et que, pour cette raison, elle est enchantée de n'avoir
pas son gendre auprès d'elle. Aujourd'hui je ne l'ai pas
vue; je pense que sa mauvaise humeur l'empêchera de
vous écrire. Hier elle me dit qu'elle n'en voulait pas à celle
dont elle vous a parlé, qu'on appelle Mariola, et qui se
nomme Maria Fernandez : je l'en crois, parce qu'elle a, au
contraire, du plaisir à entendre chanter Mariola, et avec
raison, car celle-ci chante très bien; seulement elle est si
grosse et si grande qu'elle ne peut quasi passer par la porte.
Je crois volontiers que doña Anna de Mendoza sert vos
jeunes frères[1] aussi bien que vous, ma fille puînée, vous
le dites. On me donna, l'autre jour, ce qui est renfermé
dans cette caisse, en me disant que c'était une lime douce;
je crois que c'est tout bonnement un limon, et néanmoins
j'ai voulu vous l'envoyer : si c'était une lime douce, je n'en
aurais jamais vu d'aussi grande. Je ne sais si elle arrivera
bonne là-bas; si elle l'est encore quand vous la recevrez,
goûtez-la et faites-moi savoir ce qu'il en est, car je ne puis
croire qu'une lime douce soit d'une telle grandeur; c'est
pourquoi je serai charmé d'en être éclairci par vous. Le
petit limon qui y est joint n'est que pour remplir la caisse.
Je vous envoie aussi des roses et une fleur d'oranger, pour
que vous voyiez qu'il y en a ici. Tous les jours le Calabrais
m'apporte des bouquets de ces deux fleurs, et depuis longtemps il y a des violettes. Des jonquilles il n'y en a pas ici;
s'il y en avait, elles se seraient montrées déjà, puisqu'on a
ces autres fleurs. D'après le temps pluvieux qu'il fait, je
pense que là-bas il y en aura bientôt et pour quand ma

[1] Le texte porte : *vuestros hermanos chicos*. Mais il est évident que
le Roi veut parler du prince Philippe et de la princesse Marie.

sœur y arrivera, ou peu après. Dieu vous garde comme je le désire !

De Lisbonne, 15 janvier 1582.

Hier nous allâmes entendre la messe à une église qui se nomme la Conception ; elle est desservie par des prêtres de l'ordre du Christ.

XIV

A LAS INFANTAS MIS HIJAS.

Lisboa, á 29 de enero 1582.

Mucho holgué con vuestras cartas en que respondeis á todo lo que os escriví ; y por ser en respuesta de la mya, tendré poco que responder á ellas. Y está muy bien que vuestra hermana la chiquita lo esté ya ; y así me parece que se ha continuado la salud, segun lo qu'el conde me ha escrito después con dos correos que han venido. Y el uno venia de Barcelona, aunque no me truxo carta de my hermana : pero poco ántes avía recivido una suya larga con el que supístes, que estaba ya en Barcelona ; y agora escriven que partia de allí el lúnes pasado, 22 deste ; y con todo esto creo que no llegará hasta fin de hebrero ó principio de março, que lo es tambien de quaresma : digo qu'el postrer dia de hebrero es el primero de quaresma. Y bien creo que holgaréis de ver á my hermana : lo que me decís y que nos solíamos parecer algo y más que

todo en el beſo, no sé agora lo que será. Y ella creo
que se holgará mucho con vosotras y con sus nietos,
aunque con todo esto creo que se quiere ir á las Descalças; y tambien creo que quiere ir á Sant Lorenço
ántes de entrar ay. Y yo andava por enbiar á Herrera á
dar una buelta á las obras, porque no hubiese falta en
ellas, y agora le doy más priesa, por, si my hermana
fuere á Sant Lorenço, adereze el aposento de allí
qu'estaba ya desbaratado, como hera de prestado, y
porque me parece que querrá más posar my hermana
donde yo suelo posar, por estar cerca de la iglesia,
que no en lo nuevo que deve estar ya acabado; y lo
que os han dicho de la iglesia no deve ser cierto, porque no me lo han escrito. Buenas nuevas me days de
my aposento de ay. Si my hermana ubiere de posar
ay, hiziera que posára en él : mas creo que quiere más
las Descalças. Muy bien está que le salgan los dientes
á vuestro hermano, y querria que le saliesen mejor
que los que tenia, y paréceme que le salen temprano;
pero mejor es agora que quando yo lo vea, aunque no
podré dexar de ver parte dellos, á lo ménos si le tardan
tanto en nacer como á vos, la menor, que yo pensé
que ya no os nacieran. Y no sé aun que deciros cosa
cierta de my ida, sino que la deseo mucho, así por ver
á my hermana como por veros á vosotras y á vuestros
hermanos. El que canta con los órganos deve ser....,
que conocerá mejor my hermana, que fué suyo, que
vosotras, y no es maestro de capilla, aunque con los
Españoles lo ha hecho algunas vezes, pero los que lo
han sido todos son flamencos, y tienen un teniente

que sirve quando ellos no pueden, tambien flamenco, y tienen cargo de los niños. No sé qué obra dicen allá que se haze aquí, sino es el castillo de Sant Jian que se haze mayor, y no le he visto después que fuy á Sintra. Otro se haze en Setubal; que no he visto aun: si tuviese tiempo, le vería; mas no sé quando pueda, y agora, con el tiempo que haze, no es posible, qu'es cosa estraña lo que llueve. Y por esto han tardado tres dias de la semana pasada en hechar un galeon á la mar. Avía poco que se començava, quando aquí vine, en la plaia desta casa, adónde se vía muy bien de la varanda de aquí, y háse acabado; y pensaron hecharle el jueves al agua, y tuvieron nos toda la mañana esperándolo; y es tan grande y pesa tanto que no fué posible. Y el viérnes fué lo mysmo, y aun nos hizo quedar sin misa por verlo, y tampoco pudieron. Y el sábado tambien tardaron buen rato, y ya estávamos desconfiados; y al fin fué al agua, y vanse por su pié y con unos como chapines debaxo sobre que carga. Y es cosa de veer: mas seria muy largo para decirlo todo aquí. Y otro está començado en la mysma parte. Ayer fuy á misa á la perocha desta casa, que aun no avía ido allá, y llámase Sant Jian como el castillo; y dicen que quiere decir Sant Julian. Madalena me dixo oy qu'escriviria, y hasta agora no ha venido, que no sé qué se trae estos dias, que parece muy poco. No sé si el vino tiene alguna culpa d'esto; y bueno my pondría, si supiese que yo escrivo tal cosa; y Morata está aquí agora y un poco asido y con el mayor desasosiego del mundo. Con que me ha hecho tardar más en escrivir esta carta de lo que pensé. Y ya me parece que quedava ay don Antonio de Castro, y creo que no puede ya tardar; y deseo que venga, por saver nuevas d'él de todas las partes donde ha estado. El sello he hecho aderecar, con que no está tan mocho; no sé si os lo parecerá totadía : mas ya no se puede hazer más en él, y no me parece que sella bien, aunque mejor qu'el vuestro. Y este es de piedra; y otro me están haziendo agora de la mysma manera, sino qu'es menor, aunque agora está malo el que los haze. No pensé que fuera esta carta tan larga, sino que la he podido escrivir más temprano que otras vezes, por aver tambien acabado ántes los otros despachos, y no por ser pocos. Y Dios os guarde como deseo.

De Lisboa, á 29 de enero 1582.

Vuestro buen padre.

(Parafe du Roi.)

XIV

AUX INFANTES MES FILLES.

Lisbonne, 29 janvier 1582.

Vos lettres, où vous répondez à tout ce que je vous ai écrit, m'ont fait un grand plaisir; la réponse que j'ai à y faire sera courte, puisqu'elles sont elles-mêmes des réponses à la mienne. C'est une bonne chose que votre petite sœur se soit remise, et il me paraît que cela a continué, d'après ce que le comte[1] m'a écrit par deux courriers arrivés ici.

[1] De Barajas.

L'un venait de Barcelone sans m'apporter de lettre de ma
sœur ; mais peu auparavant j'en avais reçu une d'elle, et
longue, par la personne que vous avez su : elle était déjà
alors à Barcelone. Maintenant l'on écrit qu'elle en devait
partir le lundi, 22 de ce mois. Avec tout cela je crois qu'elle
n'arrivera pas (à Madrid) avant la fin de février ou le commencement de mars, qui est aussi celui du carême : je veux
dire que le dernier jour de février est le premier du carême.
Je crois bien que vous vous réjouirez de voir ma sœur.
Vous me rappelez qu'elle et moi nous nous ressemblions
un peu, surtout par la lèvre inférieure ; je ne sais ce qu'ac-
tuellement il en sera. Elle aussi, je ne doute pas qu'elle ne
se réjouisse de vous connaître ainsi que ses petits-enfants :
avec tout cela je pense qu'elle veut aller vivre aux Descalzas,
mais qu'avant d'y entrer elle voudra voir Saint-Laurent [1].
J'étais sur le point d'envoyer là Herrera [2], pour qu'il s'as-
surât si les travaux y marchaient bien ; je lui donne à présent plus de presse, afin que ma sœur, si elle va à Saint-
Laurent, y trouve en ordre le logement, qui déjà était démeublé, comme n'ayant été que provisoire, et parce qu'il
me paraît qu'elle aimera mieux loger où je logeais d'habitude, pour la proximité de l'église, que dans le nouveau
bâtiment, lequel doit maintenant être achevé. Ce qu'on
vous a dit de l'église ne doit pas être certain, puisqu'on ne
me l'a pas écrit. Vous me donnez de bonnes nouvelles de
mon appartement au palais. Si ma sœur voulait loger là,

---

[1] L'Escurial.

[2] Juan de Herrera. Dans une lettre au duc d'Albe, du 13 décembre
1580 (*Documentos inéditos para la historia de España*, t. XXXIII,
p. 332), Philippe II le qualifie de *su aposentador de palacio* (son ma-
réchal des logis de palais).
Ce fut lui qui eut la charge de faire restaurer et mettre en ordre le
palais de Lisbonne où le Roi alla habiter.

je l'engagerais à occuper cet appartement ; mais je crois qu'elle préfère s'établir aux Descalzas.

Il est très bien que les dents percent à votre frère [1], et je souhaite qu'elles percent mieux que celles qu'il avait : il me paraît qu'elles viennent bientôt, mais il vaut mieux que ce soit maintenant que quand je retournerai, bien que j'en doive toujours voir une partie, au moins si elles tardent à venir autant qu'à vous, ma fille puînée, car je crus un instant qu'elles ne vous viendraient pas. Je ne sais encore que vous dire touchant mon retour, sinon que je le désire beaucoup, tant pour voir ma sœur que pour vous voir vous autres, ainsi que vos frères. Celui qui chante avec les orgues doit être..... [2] : ma sœur le connaîtra mieux que vous, car il a été à son service ; il n'est pas maître de chapelle, quoique avec les Espagnols il en ait quelquefois fait les fonctions. Ceux qui l'ont été sont tous Flamands ; ils ont un lieutenant, Flamand aussi, qui les supplée en cas d'empêchement ; ils ont la charge des enfants [de chœur].

Je ne sais quel ouvrage on dit là-bas qu'il se fait ici, à moins qu'il ne s'agisse du château de San Juliao ; je n'ai pas vu ce château depuis que je fus à Cintra [3]. On en construit un autre à Setubal, que je n'ai pas vu encore : si j'en avais le loisir, j'irais le voir, mais je ne sais quand je le pourrai ; à présent, avec le temps qu'il fait, cela n'est pas possible, car il pleut d'une façon extraordinaire. Cela a été cause que, la semaine passée, on a tardé trois jours à lancer un galion à la mer. La construction en avait été commencée, peu avant que je vinsse ici, sur la plage du palais, où de la terrasse on le voyait très-bien, et elle s'est achevée. Jeudi

---

[1] Le Roi veut parler vraisemblablement de l'infant don Philippe.
[2] Mot illisible.
[3] Voy. p. 115.

on pensa à le faire descendre du chantier, et nous fûmes toute la matinée à attendre l'événement : à cause de sa grandeur et de son poids, cela ne fut pas possible. Vendredi on renouvela la tentative, et pour la voir nous nous privâmes de la messe, mais ce fut encore sans succès. Samedi[1] il y eut aussi du retard, et déjà nous n'avions plus d'espoir : mais enfin le galion fut lancé à l'eau ; il marchait tout seul, au moyen d'un appareil, comme qui dirait des socques, sur lequel il reposait. C'est une chose digne d'être vue, mais il serait trop long de vous en faire la description. On a commencé la construction d'un autre galion dans le même endroit.

Hier j'ai entendu la messe à la paroisse du palais, où je n'étais pas allé encore ; on la nomme *Sant Jian* comme le château ; on dit que ce nom signifie Saint-Julien[2]. Madeleine m'a dit aujourd'hui qu'elle écrirait ; jusqu'à ce moment elle n'est pas venue : je ne sais ce qu'elle a eu ces jours-ci, mais je crois que c'est peu de chose ; peut-être le vin n'y est pas étranger. Si elle savait que je vous écris cela, elle m'en ferait de belles. Morata est ici en ce moment, un peu tourmenté et dans la plus grande agitation du monde. C'est ce qui m'a fait tarder plus à écrire cette lettre que je ne le pensai. Il me paraît que don Antonio de Castro reste longtemps là-bas ; je crois qu'il viendra bientôt ; je désire le voir, pour avoir de lui des nouvelles de tous les endroits où il a été. J'ai fait arranger le cachet de façon qu'il n'est pas aussi tronqué ; je ne sais s'il vous le paraîtra encore, mais on n'y peut faire davantage. Il ne me semble pas qu'il marque bien, quoiqu'il marque mieux que le vôtre. Celui-ci est de pierre ; on m'en fait un autre sem-

---

[1] 27 janvier.
[2] *San Juliao* dans le langage du pays.

blable, mais plus petit; en ce moment l'homme qui les fait
est malade.

Je ne pensai pas que cette lettre serait aussi longue;
mais j'ai pu l'écrire plus tôt que d'autres fois, ayant auparavant achevé l'expédition des dépêches, lesquelles n'étaient
pas en petit nombre. Dieu vous garde comme je le désire!

De Lisbonne, 29 janvier 1582.

Votre bon père.

XV

A LAS INFANTAS MIS HIJAS.

Lisboa, á 19 de hebrero 1582.

No creo que os escriví oy ha ocho dias; y así tengo
las cartas de dos correos. Y en ellas me respondeis
muy bien á las myas; y así holgué mucho con ellas.
Y por ser tarde, no os diré sino que os tengo gran
invidia de que creo que, quando llegue esta, habréis
ya visto á my hermana, ó estaréis muy cerca de verla.
Y si no se ha detenido en el camyno, ya la havréis
visto. Y escrívidme muchas buenas nuevas della, que
así espero que serán, y si viene gorda ó flaca, y si nos
parecemos agora algo, como creo que solíamos; y bien
creo que no estará tan vieja como yo. Tambien m'escrivid de vuestra prima y si os entendeis bien con ella,
que me dixo don Antonio de Castro qu'él no se avía
entendido, que hablaba poco castellano. En fin m'es-

19

crivid muchas nuevas de todo. Y á la verdad tambien os tengo un poco de invidia á la ida al Pardo, donde ya deveis d'estar agora, porque ha escrito Salazar qu'estava muy bueno. Querríalo, pues le a de ver my hermana, que creo no se acordará dél. Y vosotras le mostrad todo lo que quixere ver. Y no sé si Tofiño llegará á tiempo, y Herrera sí creo que llegará, porque partió ántes. He holgado mucho de lo que m'escrivís que á vuestro hermano le salgan bien los dientes, que menester hera que fuese mejor que los de ántes. Estos dias ha hecho aquí muy bueno, y querria que así hiziese ay y en Sant Lorenço, y no los ayres que suele; y así espero que ha de hazer buen tiempo á my hermana. Y es así qu'estava ya desbaratado el aposento de allí, y de otra manera se pondrá agora, y no como estaba ántes, como lo veréis quando fuéredes. Muy bueno ha sido que ayais visto la varca, y creo la havréis hallado en el Pardo y vístola más particularmente, aunque bien la vístes, segun las particularidades que m'escrivís della, que muchas dellas no las savía yo. El junquillo amarillo que os llevaron de Aranjuez, creo qu'es del campo que sale primero que del jardín, aunque no huele tambien. Ya creo que havrá de todo, y es á muy buen tiempo, para que le vea my hermana, que creo no le ha visto; que quando se fué de acá, no creo que le avía. Si los guantes son tan grandes como decís, mejor serán para vos, la mayor, para quien no lo serán, que bien creo que para vuestra prima lo serian. Y escrívidme quien es mayor, ella ó vos la menor, y dalde entrambas un recado de my parte, el que á vosotras os pareciere, que bien creo puedo fiar de entrambas que se le sabréis bien dar. El pájaro no es ayron, sino muy diferente, que aquellos son grandes y él es muy pequeño, como os escriví. Más he escrito de lo que pensé, mas yo no puedo decir más, qu'es muy tarde, sino que os guarde Dios como deseo.

De Lisboa, á 19 de hebrero 1582.

Vuestro buen padre.

(Parafe du Roi.)

XV

AUX INFANTES MES FILLES.

Lisbonne, 19 février 1582.

Je ne crois pas vous avoir écrit il y a huit jours ; j'ai donc vos lettres de deux courriers. Vous y répondez très bien aux miennes ; aussi elles m'ont fait beaucoup de plaisir. Comme il est tard, je me contenterai de vous dire que je vous porte grande envie de ce que, probablement, quand cette lettre arrivera, vous aurez vu ma sœur ou vous serez bien près de la voir. Si elle ne s'est pas arrêtée en chemin, vous l'aurez déjà vue. Mandez-moi beaucoup de bonnes nouvelles d'elle (car j'espère qu'elles le seront), et si elle vient avec de l'embonpoint ou de la maigreur, et si nous nous ressemblons encore un peu, comme je crois que cela était autrefois : je suis bien persuadé qu'elle n'aura pas autant vieilli que moi. Parlez-moi aussi de votre cousine[1], et dites-moi si vous vous comprenez bien ensemble : don Antonio

[1] Marguerite, fille de l'impératrice Marie et de l'empereur Maximilien.

de Castro [1] m'a dit qu'il ne s'est pas entendu avec elle, car elle parle peu l'espagnol. Enfin écrivez-moi beaucoup de choses de tout. A la vérité je vous porte un peu envie pour votre allée au Pardo [2], où vous devez être maintenant, Salazar [3] ayant écrit que le séjour en était très agréable. Je le souhaiterais, puisque ma sœur, qui probablement en a perdu le souvenir, doit y aller. Montrez-lui tout ce qu'elle désirera voir. Je ne sais si Tofiño arrivera à temps; pour Herrera [4], je crois bien qu'il arrivera, parce qu'il est parti plus tôt. J'ai été fort charmé de ce que vous m'écrivez que les dents viennent bien à votre frère : il était nécessaire qu'elles vinssent mieux que celles d'auparavant. Ces jours-ci il a fait très-beau à Lisbonne; je souhaiterais qu'il en fût de même au Pardo et à Saint-Laurent, au lieu du vent qui y règne d'ordinaire; ainsi j'espère que ma sœur aura un temps favorable. Il est très vrai que l'appartement de là-bas était déjà démeublé : on l'arrangera à présent d'une autre manière, comme vous le verrez quand vous irez là. Il est bien que vous ayez vu la barque; vous l'aurez, je pense, trouvée au Pardo et visitée plus particulièrement, quoiqu'il me paraisse que vous l'aviez bien vue, selon les détails que vous m'en donnez et que je ne connaissais pas tous moi-même. La jonquille jaune qu'on vous a apportée d'Aranjuez provient probablement des champs, plutôt que du jardin, quoiqu'elle n'ait pas une si

---

[1] Voy. p. 126, note 2.

[2] Le prince don Diego, l'infant don Philippe et les infantes Isabelle et Catherine partirent de Madrid le 20 février, pour aller recevoir l'impératrice au Pardo. (Lettre de Granvelle à la duchesse de Parme, du 18 février 1582, conservée à la Bibliothèque de Besançon.)

[3] On trouve, dans les états de la maison de Philippe II, aux archives du palais, à Madrid, un *Baltasar Muñoz de Salazar*, chapelain du Roi. Est-ce de lui qu'il s'agit ici ?

[4] Voy. p. 142, note 2.

bonne odeur. Je crois qu'il y aura là de tout, et c'est très à propos pour que ma sœur le voie : quand elle quitta l'Espagne, je pense que cela n'existait pas. Si les gants sont aussi grands que vous le dites, ils vous iront mieux à vous, ma fille aînée, pour qui ils ne le seront pas trop; pour votre cousine, je crois qu'ils le seraient. Faites-moi savoir laquelle est la plus grande, d'elle ou de vous, ma fille puînée; et faites-lui, à vous deux, de ma part, un compliment tel que vous le trouverez à propos; je suis persuadé que je puis me fier à vous pour cela. L'oiseau n'est pas un héron; il en diffère beaucoup : comme je vous l'écrivis, il est très petit, et les hérons sont grands. Ma lettre est plus longue que je ne le pensai. Je ne puis vous en dire davantage, car il est fort tard. Dieu vous garde comme je le désire !

De Lisbonne, le 19 février 1582.

Votre bon père.

XVI

A LAS INFANTAS MIS HIJAS.

Lisboa, á 5 de marzo 1582.

Ya podréis pensar lo que havré holgado con vuestras cartas y con las buenas nuevas que me dais en ellas de my hermana y de todo lo que pasó en el Pardo hasta que los escrivístes. Y así las espero el myércoles con lo que después pasaria, así allí como en el camyno y en Sant Lorenço, que todo creo que me lo escriviréis. Y demás de la mucha invidia que os tengo á aver

visto á my hermana, no dexo de tener alguna á la es-
tada en el Pardo, que deve estar bueno, como este año
ha llovido mucho; y es gran cosa estar más espeso
que solía : que si lo está, no dexará de aver caça en él.
No sé qué le havrá parecido á vuestro hermano dél y
de Sant Lorenço, pues creo que nunca avía estado
allí, aunque no se me acuerda muy bien; y así me lo
decid, y le preguntad de my parte como le ha parecido
lo uno y lo otro, y si se ha holgado. Estos dias y á
buen tiempo llegó Tofiño, aunque hera poco tiempo
el que allí quixo estar my hermana. Y creo que me
avréis escrito como os habrá ido en los oxeos. Yo creo
que lo havréis hecho todo muy bien con my hermana
y con my sobrina; á lo ménos así me lo escrive my
hermana, mas á ella no la creo en esto, que lo que os
quiere se lo hará parecer así, aunque no sea; mas yo
fio de vosotras que deve ser verdad lo que my hermana
m'escrive. Y segun aquello deveis de aver crecido
harto, pues me dice que vos, la mayor, estávades
mayor que ella con chapines, y tambien vos, la menor,
pues estais mayor que vuestra prima, siendo de más
edad que vos. Mas no os enbanezcais con esto, que
más creo que lo haze ser ella muy pequeña que no vos
grandes. De vuestros hermanos me escrive tambien
que son bonitos, que así lo dice. De los menores pocas
señas sabré dar, pues hizo ayer dos años que partí de
ay, como creo se os acordará. Si me viésedes agora,
no os pareceria my hermana más vieja que yo, sino yo
mucho más que ella, como lo soy, pues le llevo trece
meses. Segun lo que me decís de vuestra prima, creo

que os hallaréis bien con ella; y menester será que le
mostreis á hablar castellano, pues decís que le habla
mal, y así lo creo. Si my hermana os tomó á vos, la
mayor, para que la ayudásedes, está bien; y si no fué
para esto, no tubo razon, ni selo consintais, aunque ya
creo que no hera menester deciros esto, pues deve ya
estar en las Descalças, digo quando llegue està; y por
esto no os embio carta para ella. Por ser tarde, no tengo
tiempo de deciros más, sino que ayer pedricó aquí en
la capilla fray Luis de Granada, y muy bien, aunqu'es
muy viejo y sin dientes; y á la tarde fuymos, my sobrino y yo, en la galera donde yo no avía entrado
desde que fuy á Sintra; y dímos una buelta por este
rio abaxo hasta Belen, y después rio arriba sin salir
della, viendo los navíos que ay agora en este rio que
son muchos de todas partes; y cierto estava para ver;
y hizo muy buen dia, y el rio muy sosegado. Digo
esto por vengarme de la embidia que os he tenido á la
ida al Pardo y á Sant Lorenço, donde temo que deve
aver hecho mucho frio estos dias. Y con deseo espero
lo que m'escriviréis de my hermana y de allí. Y Dios
os guarde como deseo.

De Lisboa, á 5 de março 1582.

Vuestro buen padre.

(Parafe du Roi.)

XVI

AUX INFANTES MES FILLES.

Lisbonne, 5 mars 1582.

Vous pouvez vous faire une idée du plaisir que m'ont causé vos lettres, par les bonnes nouvelles que vous m'y donnez de ma sœur et de tout ce qui s'est passé au Pardo jusqu'au moment où vous les écrivîtes. J'en attends d'autres mercredi, qui m'apprendront ce qui se sera passé depuis aussi bien là que dans le chemin et à Saint-Laurent[1], car j'imagine que vous me ferez savoir le tout. Outre la grande envie que je vous porte d'avoir vu ma sœur, je ne laisse pas de vous envier aussi pour le séjour que vous avez fait au Pardo, qui doit être agréable, vu les pluies fréquentes qu'il y a eu cette année : c'est un point important qu'il soit plus touffu qu'il ne l'était, car ainsi il y aura du gibier. Je ne sais comment votre frère[2] l'aura trouvé, ainsi que Saint-Laurent, car je pense qu'il n'était jamais allé ni à l'un ni à l'autre endroit, quoi je ne m'en souvienne pas très bien. Dites-moi ce qu'il en est, et demandez, de ma part, à votre frère comment il les a trouvés, et s'il s'y est amusé. Ces jours derniers sera arrivé Tofiño et bien à propos, quoique ma sœur n'ait voulu rester là-bas que peu de temps. Je suppose que vous m'aurez écrit comment les choses se sont passées dans les battues. Je suis persuadé que vous aurez très bien reçu

---

[1] Du Pardo, l'impératrice, accompagnée du prince don Diego et des deux infantes, se rendit à l'Escurial ; elle avait voulu voir, avant d'arriver à Madrid, le fameux monastère érigé à saint Laurent par son frère.

[2] Le prince don Diego.

ma sœur et ma nièce ; du moins ma sœur me l'écrit ainsi,
mais elle, je ne la crois pas en cela, parce qu'elle peut se
laisser abuser par l'affection qu'elle vous porte : toutefois
j'ai cette confiance en vous, que ce qu'elle m'écrit est la
vérité. D'après sa lettre, vous devez avoir assez grandi,
puisqu'elle me dit que vous, l'aînée, vous êtes plus grande
qu'elle avec ses sandales, et vous aussi, la cadette, puisque
vous êtes plus grande que votre cousine, qui est plus âgée
que vous. Mais il ne faut pas vous enorgueillir de cela,
car c'est parce qu'elle est très petite, et non parce que vous
êtes grandes, qu'elle s'exprime ainsi. Elle dit de vos frères [1]
qu'ils sont gentils : ce sont ses termes. Je ne sais que peu
de chose des plus jeunes, puisqu'il y eut hier deux ans
que je partis de là-bas, comme vous vous le rappellerez. Si
vous me voyiez maintenant, ma sœur ne vous paraîtrait
pas plus vieille que moi, mais vous me trouveriez beaucoup
plus vieux qu'elle, comme je le suis en effet, puisque je
suis son aîné de treize mois. D'après ce que vous me dites
de votre cousine, je crois que vous vous trouverez bien avec
elle : il faudra que vous lui enseigniez à parler l'espagnol,
puisque vous dites qu'elle le parle mal, et je le crois ainsi.
Si ma sœur vous prit avec elle, vous l'aînée, pour que vous
l'aidassiez, ce fut bien ; si ce ne fut pas pour cela, elle n'eut
pas raison de le faire et vous n'y devez pas consentir : je
vous dis cela, quoiqu'il n'en soit guère besoin, puisque ma
sœur doit être maintenant aux Descalzas [2], je dis quand
cette lettre vous parviendra, et c'est pourquoi je ne vous en
envoie point pour elle. Comme il est tard, je n'ai pas le
temps de vous en dire davantage, sinon qu'hier, en la cha-

[1] Philippe II paraît entendre, par *hermanos*, la petite princesse
Marie aussi bien que les deux princes.

[2] L'impératrice, comme on le verra plus loin, entra aux Descalzas
le 6 mars.

20

pelle, fray Luis de Grenade prêcha, et très bien, quoiqu'il soit fort vieux et n'ait plus de dents[1]. L'après-midi mon neveu et moi nous nous embarquâmes sur la galère où je n'étais pas entré depuis que j'allai à Cintra ; nous fîmes un tour par le bas du fleuve jusqu'à Belem, et depuis nous le remontâmes, voyant les navires qni s'y trouvent en ce moment et qui sont nombreux et de tous pays[2]. Certes c'était un spectacle à voir : le temps était très beau et le fleuve très calme. Je dis cela pour me revancher de l'envie que je vous ai portée de votre allée au Pardo et à Saint-Laurent, où je crains qu'il n'ait fait très froid ces jours-ci. J'attends avec désir ce que vous m'écrirez de ma sœur et de ce qui s'est passé là-bas. Dieu vous garde comme je le souhaite !

Lisbonne, 5 mars 1582.

Votre bon père.

XVII

A LAS INFANTAS MIS HIJAS.

Lisboa, á 19 de marzo 1582.

Mucho he holgado con vuestras cartas y con las buenas nuevas que me dais en ellas, primero de la

---

[1] On sait que ce célèbre bénédictin, non moins fameux par ses prédications que par ses écrits ascétiques, s'était, depuis une vingtaine d'années, retiré dans un couvent de son ordre, à Lisbonne. Il comptait, en 1582, soixante-dix-sept ans, étant né en 1505. Il mourut le 31 décembre 1598.

[2] D'après des lettres de Lisbonne, du 26 février, que relatent les nouvelles de Madrid en date du 5 mars, il venait d'entrer dans ce port plus de quatre cents navires, et il en était résulté une extrême abondance de toutes choses. (B. N. P.)

salud de vuestros hermanos, y después de lo que pasó
al venir ay y en la Fresneda; y tambien my hermana
m'escrivió grandes bienes della; y creo que como no
lo habria oydo decir, le devió parecer mejor; y ya
sabeis quanto mejor está quando están verdes los ár-
boles, y agora no lo devían de estar, aunqu'el suelo
creo que sí. Y esto no me lo aveis escrito ni como
estava la Hestería, aunque bien sé que pasástes muy
poco por ella, y por esto no la devió de hechar de ver
my hermana, que quando está toda verde, ya sabeis
que no hay mejor cosa en todo aquello, aunque no ay
tanta caça como en la brama. La pesca devió de ser
buena para vuestra prima y aun para vuestro hermano,
que creo nunca la avían visto, y della así me lo escrivís. Y todadía creo que le parecerá mejor Aranjuez,
si le vee, como creo lo havréis acabado con ella. Y yo
estoy esperando con mucho deseo saver partirá para
acá, por lo que la deseo ver, qu'es mucho; y ya veis
la razon que tengo para ello, aviendo tanto que no la
he visto, que creo que ha 26 años ó los hará muy
presto. Y mucha embidia me haveis puesto en lo que
decís del Pardo; y en invierno parece mejor que en
verano, que entónces mejor están las otras casas que
están más verdes; y á la buelta poco estubístes en el
Pardo, para pareceros tambien. Y Tofiño hizo muy
bien en matar las 4 zoras que decís, que bien creo que
deve aver muchas. Muy bien fué que my hermana
entrase ay por el parque, que no devístes de conocer
que avía ya algunos ciervos sin cuernos, porque se le
han començado á caer más temprano que otros años.

Y muy bien fué que combidásedes á comer allí á my hermana, ya que no os quixo dexar ir á las Descalças ; y bien creo que quedáriades con mucha soledad della. A vuestro hermano decid que he holgado mucho le aya parecido bien lo que ha visto, y que quando, placiendo á Dios, yo baya, espero que lo podrá ver más vezes; y tampoco creo que no ha estado en Aranjuez, y no holgará ménos allí, si fuere allá. De vosotras me dan todos muy buenas nuevas y de qu'estais muy grandes. Segun esto deveis de aver crecido mucho, á lo ménos la menor. Si teneis medidas, avisadme quanto habréis crecido después que no os ví, y embiadme vuestras medidas muy bien tomadas en cintas, y tambien la de vuestro hermano, que holgaré de verlas, aunque más holgaria de veros á todos. Y espero en Dios que os he de ver presto; y así selo pedid vosotras y que lo ordene todo de manera que pueda ser. Y el os guarde como deseo.

De Lisboa, á 19 de marzo 1582.

Vuestro buen padre.

(*Parafe du Roi.*)

XVII

AUX INFANTES MES FILLES.

Lisbonne, 19 mars 1582.

Je me suis beaucoup réjoui de vos lettres et des bonnes nouvelles que vous m'y donnez, d'abord de la santé de vos frères, et ensuite de ce qui se passa dans votre excursion là-bas[1] et à la Frexneda[2]. Ma sœur m'a écrit aussi beaucoup de bien de ce dernier endroit; je crois qu'il lui a paru d'autant mieux qu'elle n'en avait pas entendu parler. Vous savez combien la Frexneda gagne à être vue quand les arbres sont verts; ils ne devaient pas l'être lors de votre visite, mais le sol probablement l'était. Vous ne m'en avez rien dit ni comment était la *Hesteria* : vous n'avez guère passé par là, je le sais, et par cette raison ma sœur ne l'aura pas bien vue; quand elle est toute verte, vous savez que dans tout l'endroit il n'y a rien d'aussi beau, quoiqu'il n'y ait pas alors autant de gibier qu'à l'époque du rut. La pêche, selon ce que vous m'écrivez, a dû faire plaisir à votre cousine, et elle aura plu aussi à votre frère, car ni l'un ni l'autre n'en avaient probablement jamais vu; je pense toutefois qu'Aranjuez plaira encore plus à votre cousine, si elle y va, comme j'espère que vous l'y aurez déterminée. J'attends avec impatience l'annonce du départ (de ma sœur) pour venir ici[3], tant est grand le désir que j'ai de la voir, et vous en comprenez la raison, puisqu'il y a ou qu'il y aura bientôt vingt-six ans que je ne l'ai vue[4]. Ce que vous me dites du Pardo m'a causé beaucoup d'envie : l'hiver il paraît

---

[1] Philippe II veut parler de Saint-Laurent-le-Royal.

Le 27 février, les deux infantes, le prince don Diego, l'impératrice Marie et l'archiduchesse Marguerite arrivèrent au monastère, venant du Pardo. Ils furent reçus en grand apparat par le prieur à la tête de tous les religieux. Ils assistèrent à plusieurs offices célébrés en leur honneur. Le 2 mars ils retournèrent au Pardo. (*Coleccion de documentos inéditos para la historia de España*, t. VII, p. 350-353.)

L'impératrice arriva à Madrid le 6 mars, et prit son logement au monastère des Descalzas. (B. N. P.)

[2] La Frexneda était une dépendance du monastère, à une demi-lieue de là.

[3] L'impératrice quitta Madrid le 26 mars; elle fit ses pâques à Guadalupe. (Lettre de Granvelle à la duchesse de Parme, du 30 mars, à la Bibliothèque de Besançon.)

[4] Philippe II avait vu la dernière fois sa sœur lorsque, au mois de

mieux que l'été; dans cette dernière saison, les autres résidences où il y a plus de verdure sont plus agréables; vous
y fûtes bien peu de temps, à votre retour, pour vous en
montrer aussi satisfaites. Tofiño fit très bien de tuer les
quatre renards que vous dites, car il doit y en avoir beaucoup. Je suis charmé que ma sœur soit entrée là par le
parc : vous ne saviez probablement pas qu'il s'y trouvait
déjà quelques cerfs sans cornes, parce qu'elles ont commencé à leur tomber plus tôt que les autres années. Vous
fûtes fort bien inspirées d'inviter à dîner là ma sœur, puisqu'elle ne vous voulut pas laisser aller aux Descalzas. Je
crois sans peine que la séparation vous aura été sensible.
Dites à votre frère que j'ai été charmé de savoir que ce qu'il
a vu l'a satisfait, et que quand, au plaisir de Dieu, je retournerai, j'espère qu'il le pourra voir plus souvent. Je crois
qu'il n'a pas été encore à Aranjuez; s'il y était allé, il ne
s'y serait pas moins plu. De vous autres tout le monde me
donne de très bonnes nouvelles, et l'on me dit que vous
êtes très grandes; il faut, d'après cela, que vous ayez grandi
beaucoup, au moins vous, la cadette. Si vous avez des mesures, faites-moi savoir de combien vous avez grandi depuis
que je ne vous ai vues, et envoyez-moi vos mesures prises
exactement avec des rubans de soie ou de fil; joignez-y
celle de votre frère : je serai charmé de les voir, quoique je
le fusse davantage de vous voir tous. J'espère en Dieu que
ce sera bientôt : demandez-le lui, vous autres; suppliez-le
d'ordonner tout de manière que cela se puisse. Et qu'il
vous garde comme je le désire!

De Lisbonne, 19 mars 1582.

Votre bon père.

juillet 1556, elle était venue à Bruxelles, avec Maximilien, son époux,
rendre visite à Charles-Quint, qui était à la veille de s'embarquer
pour l'Espagne.

XVIII

A LAS INFANTAS MIS HIJAS.

Lisboa, á 2 de abril 1582.

Quixera responder agora á vuestras cartas; mas es tan tarde que no puedo, y así lo dexaré para otro dia. Solamente os diré que holgué mucho con ellas y con vuestras medidas, y que os tengo gran invidia estos dias, primero por l'andar con my hermana, y después por la ida de Aranjuez y·Aceca, que creo que con lo que ha llovido deve estar muy bueno, y después de mañana espero cartas vuestras en que me lo escribais. Ayer fuymos, my sobrino y yo, al auto, y estuvímos en una ventana donde lo vímos, y lo oymos todo muy bien, y diéronnos sendos papeles de los que salian á él, y el myo os embio aquí, para que veais los que fueron. Ubo primero sermon, como suele, y estuvímos hasta que se acabaron las sentencias, y después nos fuymos, porque en la casa donde estábamos los avía de sentenciar la justicia seglar á quemar á los que les ralaxaron los inquisidores. Fuymos á las ocho y bolvímos á comer cerca de la una. Y Dios os guarde como deseo.

De Lisboa, á 2 de abril 1582.

Vuestro buen padre.

(Parafe du Roi.)

XVIII

AUX INFANTES MES FILLES.

Lisbonne, 2 avril 1582.

Je voudrais répondre en ce moment à vos lettres; mais il est si tard que je ne le puis, et ainsi je le remettrai à un autre jour. Je vous dirai seulement qu'elles m'ont fait beaucoup de plaisir, ainsi que vos mesures, et que je vous porte grande envie, ces jours-ci, d'abord parce que vous êtes en la compagnie de ma sœur, ensuite pour votre voyage à Aranjuez et Aceca[1], qui doit être très-agréable depuis les pluies qu'il y a eu. Après-demain j'espère avoir des lettres de vous où vous me le direz. Hier mon neveu et moi nous assistâmes à l'auto-da-fé : nous le vîmes d'une fenêtre, et nous entendîmes tout très-bien. On nous donna à chacun un papier où étaient inscrits les noms de ceux qui allaient y figurer; je vous envoie le mien, pour que vous voyiez quels ils ont été. Il y eut d'abord un sermon, comme de coutume. Nous restâmes jusqu'après la prononciation des sentences. Nous nous retirâmes alors parce que, dans la maison où nous étions, la justice séculière devait condamner au feu ceux que les inquisiteurs venaient de remettre entre ses mains. Il était huit heures quand nous arrivâmes, et nous revînmes dîner vers une heure. Dieu vous garde comme je le désire !

De Lisbonne, 2 avril 1582.

Votre bon père.

---

[1] Château royal, à cinq lieues de Tolède.

XIX

A LAS INFANTAS MIS HIJAS.

Lisboa, á 16 de abril 1582.

Mucho holgué con vuestras cartas y con las nuevas que me dais de Aranjuez. Y de lo que más soledad he tenido es del cantar de los ruyseñores, que ogaño no les he uydo, como esta casa es lexos del campo. No sé si los uyré por el camyno, porque después de mañana pienso pasar este rio y ir á dormyr al Barrero y esotro á Setubal, por vel aquel puerto y el fuerte que allí se haze. Y de allí irá my sobrino á recivir á my hermana, creo que á la raya de Castilla, y yo á esperarla á Almeyrin. Y de allí nos vendremos, creo que luego, aquí. Y bolviendo á Aranjuez, muy grandes vallesteras creo que deveis estar entrambas, pues tambien matástes los gamos y tantos conejos. Y decísme, vos la mayor, que vuestro hermano cobró mucha fama (y creo lo decís por vuestra hermana, y es así segun lo que decís adelante, sino que por la *a* pusístes *o*, y otra palabra se os olvidó). Creo que devístes d'escrivir la carta á priesa. Tambien aquí ubo trueños los otros dias, y tres ó quatro muy grandes y que se vía bien que herán de rayos; y paréceme que herán tan grandes como el del rayo de Sant Lorenço; y así dicen que cayeron aquí no sé quantos y que mataron dos ó tres hombres. La casa nueva deve d'estar buena, y la

fuente no sé si correria agua en ella : decídmelo y tambien si la capilla está acabada y puesto el retablo, que
no lo he savido, y si andava bien el relox. Y he miedo
que deven de aver dado mano al pescado del estanque
de Hontigola, pues no se pescó ninguno; y buenas
fueran las cazas de las çorras, y más por vuestro hermano, que espero que le dará Dios salud para verlas
otras vezes, pues no son más que tercianas las que
tiene, segun lo he visto por las cartas del conde de
Barajas : todadía estaré con cuidado hasta saver qu'esté
bueno. De my hermana tube una carta la tarde que
llegó á Guadalupe. Estoy esperando un correo que le
embié allí para saver como estava y qu andopartiria,
que creo que será el mysmo dia que yo. Bien podréis
poner oro con lo negro quando se case doña Nude
Dietristan, con que sea moderado. Del auto no vine
muy cansado, que no dura tanto como suelen durar
allá, á lo menos los que yo he visto, que no duró quatro
horas. Esta semana santa la he pasado bien y en esta
casa, con las ventanas que tiene á la capilla, adónde
he estado á los oficios, sino al encerrar y desencerrar
el santísimo sacramento, que bajé á la capilla por una
escalera que ay allí, y hubo muchos disciplinarios y
penitentes, y más de dia que de noche, aunque la procesion de la Misericordia, que aquí no ay otra, vino á
la capilla myentras las tinieblas, entre las maytines y
laudes; y yo la ví desde una ventana muy bien. Dicen
que no fué tan concertada como las de ay, que yo no
he visto. Hánme dicho que hubo muy buenos monu-
mentos en muchas iglesías y monesterios. Y porqu'es

tarde y he tenido y tengo mucho que hazer para partir, no puedo dezir más. Y Dios os guarde como deseo.

De Lisboa, á 16 de abril 1582.

Vuestro buen padre.

(Parafe du Roi.)

XIX

AUX INFANTES MES FILLES.

Lisbonne, 16 avril 1582.

Vos lettres et les nouvelles que vous me donnez d'Aranjuez m'ont fait beaucoup de plaisir. Ce dont j'ai eu le plus de regret, c'est du chant des rossignols que je n'ai pas encore entendu cette année, ce palais étant éloigné de la campagne. Je ne sais si je l'entendrai dans mon voyage, me proposant après-demain de traverser le Tage pour aller coucher à Barreiro[1], et le jour suivant à Setubal, dont je désire voir le port, avec le fort qui s'y construit. De là mon neveu ira au-devant de ma sœur, probablement jusqu'aux frontières de Castille; et moi j'irai l'attendre à Almeirim, d'où, sans tarder, je le suppose, nous prendrons le chemin de Lisbonne. Pour en revenir à Aranjuez, vous devez être toutes deux de grandes tireuses à l'arbalète, puisque vous avez si bien tué les daims et quantité de lapins. Vous me dites, vous, ma fille aînée, que votre frère s'est distingué : vous voulez dire probablement votre sœur, d'après ce que vous écrivez plus loin; vous avez mis un *o* pour un *a;* vous avez aussi oublié un mot. Vous étiez probablement pressée

---

[1] Village à deux lieues de Lisbonne.

en écrivant la lettre. Le tonnerre a également grondé ici les jours derniers, et trois ou quatre fois d'une manière très forte : on voyait bien que c'était la foudre, et il m'a paru que les coups ressemblaient à celui du tonnerre qui tomba sur Saint-Laurent [1]. On dit que la foudre est tombée ici je ne sais combien de fois, et qu'elle a tué deux ou trois personnes. La nouvelle maison doit être bien : je ne sais pas si la fontaine donne de l'eau ; dites-le-moi. Faites-moi aussi savoir si la chapelle est terminée et le rétable placé, car je l'ignore, et si l'horloge marche bien. Je crains qu'on n'ait volé les poissons de l'étang de Hontigola, puisqu'on n'en a pêché aucun. Les chasses aux renards vous auraient amusées, et plus encore votre frère. J'espère que Dieu lui donnera la santé pour qu'il les voie d'autres fois, puisque c'est seulement la fièvre tierce qu'il a, ainsi que je l'ai vu par les lettres du comte de Barajas ; je serai toutefois en peine jusqu'à ce que j'apprenne qu'il est bien portant. J'ai eu une lettre de ma sœur, qu'elle m'écrivit l'après-midi du jour de son arrivée à Guadalupe ; j'attends un courrier que je lui ai envoyé là pour avoir de ses nouvelles et savoir quand elle en partira ; je pense que ce sera le même jour où je me mettrai en route. Vous pourrez porter de l'or avec le noir au mariage de doña Nude Dietrichstein [2], pourvu que ce soit

---

[1] Philippe II veut parler d'une tempête qui éclata à l'Escurial, où il se trouvait alors, dans la nuit du 21 au 22 juillet 1577. Le tonnerre tomba sur l'une des tours du monastère ; il y mit le feu ; onze cloches et l'horloge furent détruites, ainsi que le sommet de la tour. (Voir les *Memorias de fray Juan de San Gerónimo*, dans le tome VII de la *Coleccion de documentos inéditos para la historia de España*, p. 196.)

[2] Le baron Adam de Dietrichstein, qui avait acompagné l'archiduc Maximilien en Espagne en 1548, et qui fut à Madrid ambassadeur de Maximilien, devenu empereur, eut de doña Margareta de Cardona quatre filles, qui s'allièrent à des gentilshommes espagnols : 1. Marie, née en 1554, qui épousa don Balthazar de la Cerda, comte de Galbes, et en secondes noces le marquis de Navarre ; 2. Hippolyte, née en

avec modération. Je ne suis pas revenu très fatigué de l'auto-da-fé : ces cérémonies ne sont pas aussi longues ici qu'en Castille, du moins celles que j'y ai vues; cette dernière n'a pas duré quatre heures. J'ai bien passé la semaine sainte et en ce palais, qui a des fenêtres s'ouvrant sur la chapelle; j'ai de ces fenêtres assisté aux offices jusqu'à l'adoration du saint sacrement; alors je suis descendu à la chapelle par un escalier qui y communique. Il y avait beaucoup de flagellants et de pénitents, et plus dans la journée que le soir, quoique la procession de la Miséricorde, la seule qu'il y ait ici, soit venue à la chapelle pendant les ténèbres, entre matines et laudes. Je l'ai vue parfaitement d'une fenêtre. On dit qu'elle n'était pas aussi bien ordonnée que celles de Madrid, que je n'ai pas vues. D'après ce qu'on m'a rapporté, il y a eu de très beaux monuments en plusieurs églises et monastères. Comme il est tard et que j'ai encore beaucoup à faire pour mon voyage, je ne peux vous en dire plus. Dieu vous garde comme je le désire !

De Lisbonne, le 16 avril 1582.

Votre bon père.

1556, qui épousa don Alvaro de Cardona, son cousin; 3. Anne, née en 1557, qui épousa le comte de Villanueva ; 4. Béatrice, née en 1563, qui épousa le marquis de Mondejar.

Quelle est, de ces quatre filles du baron de Dietrichstein, celle qui se maria en 1582 et à laquelle Philippe II donne le petit nom de *Nude* ? C'est ce que nous n'avons pu découvrir. D'après le *Grosses universal Lexicon*, Anne de Dietrichstein avait fait partie des dames de la maison de la reine Anne d'Autriche, et, après la mort de cette princesse, elle resta attachée à celle des infantes ses belles-filles : ne serait-ce pas d'elle qu'il s'agit dans la lettre du Roi ?

XX

A LAS INFANTAS MIS HIJAS.

Almeyrin, á 7 de mayo 1582.

Tres cartas de cada una de vosotras tengo á que responderos, y no sé si podré agora, porqu'es ya tarde.
Y primero os diré que desde Salvatera vine, el mártes
á la tarde, á Muja, qu'es dos leguas de allí y dos de
aquí ,adónde my hermana avía de venir á hazer noche
ántes de llegar aquí. Y por no occupar el aposento,
no la esperé allí, sino fuyme, el miércoles, á un mo-
nesterillo de Domínicos, bonito aunque pequeño, que
se llama Nuestra Señora da Sera, qu'es dos leguas de
allí y dos de aquí. Y my hermana tardó más que pen-
sámos, porque, por apartarse de Portalegre que avía
peste, la truxeron por Elvas y Estremoz, adónde sa-
lieron á besarle las manos los duques de Bergança,
como deven aver escrito otros. Y así m'estuve el jueves
en el monesterio; y el dia que vine allí se mataron
cinco puercos, aunque yo no ví matar sino el uno, y
los llevó Caranda á my sobrino, que los dió á my hermana, digo quatro puercos y un ciervo, que me truxeron entónces, qu'estava bien gordo, porque durmyó
my hermana, el jueves á la noche, quatro leguas del
monesterio donde yo estava. Y el viérnes, que my
hermana avía de venir á Muja, fuí yo allí, adónde se
quedó Madalena á esperarla, y llegué ántes que my
hermana, y porque llovía mucho, pasé adelante en el

carro hasta topar á my hermana, más de media legua
de allí, y salí del carro á priesa, y la fuy á besar las
manos ántes que pudiese salir del suyo, en que venian
ella y my sobrina á la una parte, y á la otra la duquesa
y otra que no conozco aun bien. Y porque no podía-
mos caber en el carro de my hermana, se quixo pasar
al myo, en que tanpoco no cavíamos muy bien, á lo
ménos ella y yo, y mis sobrinos tambien, que cabían
mejor. Y lo que ella y yo holgaríamos de vernos lo
podeis pensar, aviendo 26 años que no nos havíamos
visto; y aun, en 34 años, solas dos vezes nos avemos
visto, y bien pocos dias en ellos. Venimos así hasta
Muja, donde estuve un rato con my hermana, y me
bolví al monesterio aquella noche, porque no cupiéra-
mos todos en el lugar. Y otro dia, á las dos, bolví al
lugar y dí á conocer á my hermana á los Portugueses
fidalgos que avían ido de aquí, porqu'el dia ántes fuy
con muy poca gente y sola la que estava en el monesterio comygo, que allí cabían muy pocos. Y luego nos
pusimos los quatro en my carro; y con quitar unas
almohadas, cupimos mejor, my hermana y yo, porque
no me quixo dexar ir en una de las puertas como yo
queria. Y así venímos hasta aquí, qu'es muy buen camyno y en que ay muchas garçotas y otras aves. Y al
entrar aquí topámos á Tofiño á pie, de que yo iba harto
descuydado; y todos quatro nos holgámos harto con
él, aunque nunca le he podido ver después acá, por aver
estado con my hermana algunos ratos, y otros con el
despacho deste correo. Y my sobrino ha ido oy á caça,
aunque me han dicho que no ha muerto nada. Y ma-

ñana creo que iremos todos al campo, si conciertan
alguna caça, y el jueves pensamos ir por tierra á Salva-
tiera, y de allí á Lisboa en dos dias, por agua, de manera
que pensamos llegar allá el sábado. My hermana viene
muy buena, y me dice que mejor desde Guadalupe
acá que ántes de allí, aunque oy la uí toser un poco.
Lo demás otros lo havrán escrito ó escrivirán; y yo
estoy con el contentamiento qu'es razon. My sobrino
anda de colorado, y yo con raso y gorra, desde que
llegámos á my hermana. Y bien os aveis callado la
cayda que vos, la menor, dístes en Aranjuez, y aun
creo que otras cosas; y no penseis que lo de la cayda
me lo aya dicho Tofiño, que, como digo, casí no le he
hablado; mas el lacayo que se halló allí creo que puede
dar más nuevas de la cayda, y assí se las pienso pregun-
tar. No entiendo qué huerta es la que decís que ay en
Aranjuez cabe casa, que no sé que se haga ninguna, ni
cayo en qué isla es la que decís qu'estaba allí muy linda.
Decídmelo, y sino preguntarélo á Herrera, que creo
vendrá presto. Así es que á my sobrina he uydo hablar,
en el carro, con su hermano, en aleman, y hasta agora
le e uydo pocas palabras en castellano; mas paréceme
que tiene muy buena condicion, segun lo que me aveis
escrito della. Y no tenia my hermana muchas esca-
leras para uir los oficios, pues me dice que los uya en
la tribuna, y más devió de salir para ver á Nuestra
Señora, que me dixo que avía subido á ver la de Orca,
y es bien ruin subida, que yo subí allí, quando fuy al
Andalucía, y vosotras no creo que subístes. Madalena
anda muy alegre con my hermana, aunque muy rota

una ropa de tafetan que trae; pero yo tengo la culpa, que no le he dado nada, aunque ella no ha dexado de acordármelo. Ha quedado para Lisboa. Tambien trae una cadenilla, y my hermana se a espantado mucho de verla así, aunque dice que está como solia. No me parece que traen tan grandes lechuguillas las damas; deven las de aver achicado después que vieron las de ay : pero hasta aora no las he visto mucho, ni aun las acabo de conocer bien, y así no os sabré dar más nuevas dellas. Muy bien está que todos estuviésedes buenos, y creo que vos, la menor, tambien lo estaréis ya con los xaraves, que no sé si os habréis purgado. Y con lo que me decís de la fuente y relox y capilla de Aranjuez, acabo d'entender como está lo de allí. Y lo que no entendia ántes de la huerta de la isla creo que es la qu'está cabe la puente de Tajo que se haze agora; y no creo que se podrian andar todas las ventanas al rededor de la capilla, y my hermana y yo hablábamos oy en ello, y ella me decia lo mysmo, mas no creo que puede ser. Y teneis razon, que muy buenas nuevas son para my el saver qu'estava ya vuestro hermano b ueno y sin las tercianas. Así sea siempre que todos lo esteis. Y porqu'es muy tarde, no puedo responder á las postreras cartas vuestras. Quedará para otro dia. My hermana me ha embiado ese pliego que he estado por no embíaros, por no escríviros como lo avía de hazer, y así se lo pedid. Y Dios os guarde como deseo.

De Almeyrin, á 7 de mayo 1582.

Vuestro buen padre.

(Parafe du Roi.)

22

XX

AUX INFANTES MES FILLES.

Almeirim, 7 mai 1582.

J'ai à répondre à trois lettres de chacune de vous; je ne sais si je pourrai le faire maintenant, car il est tard. Premièrement je vous dirai que, mardi [1], je vins de Salvaterra à Mugen, qui est à deux lieues de là et deux d'ici, et où ma sœur devait coucher avant d'arriver à Almeirim. Je ne l'y attendis pas, afin de laisser libre le logement qui lui était destiné, et j'allai, mercredi, à un couvent de Dominicains, gentil quoique petit, qui s'appelle *Nossa Senhora da Sera*, à deux lieues de là et deux d'ici [2]. Ma sœur tarda plus que nous ne l'avions pensé, parce que, pour laisser de côté Portalegre, où la peste régnait, on lui fit prendre le chemin d'Elvas et d'Estremoz, où les ducs de Bragance allèrent à sa rencontre, pour lui baiser les mains, comme d'autres doivent l'avoir écrit. Je demeurai au couvent le jeudi. Le jour que j'y arrivai, on tua cinq sangliers, dont un en ma présence, je veux dire quatre sangliers et un cerf qu'on vint me montrer et qui était bien gras. Caranda les porta à mon neveu, qui les donna à ma sœur, laquelle coucha, le jeudi, à quatre lieues du couvent où j'étais. Le vendredi je

---

[1] 1er mai.

[2] Il avait avec lui, outre les personnes attachées au service de sa chambre, don Diego de Córdova, le secrétaire Matheo Vazquez et un évêque portugais. Tous les autres personnages de sa suite demeurèrent à Mugen. (B. N. P.)

L'évêque dont il est parlé dans cette relation était probablement l'évêque de Viseu, qui s'était montré grand partisan de Philippe II et dont il fit son grand chapelain et le président du conseil de Portugal.

partis pour Mugen, où ma sœur devait venir et où Madeleine l'attendait. J'y arrivai avant ma sœur. Comme il
pleuvait fort, j'allai dans mon chariot à sa rencontre, à plus
d'une demi-lieue de là [1]. Je m'empressai d'en descendre pour
lui baiser la main avant qu'elle pût sortir du sien [2], où elle
était avec ma nièce d'une part, et de l'autre la duchesse (?)
et une dame que je ne connais pas encore bien. Comme le
chariot de ma sœur n'était pas assez grand pour nous tous,
elle voulut venir dans le mien, où nous n'étions pas non
plus très à l'aise, elle et moi; mon neveu et ma nièce l'étaient
davantage. Le plaisir que nous eûmes de nous revoir,
vous le pouvez penser; il y avait vingt-six ans que nous
ne nous étions vus [3], et même en trente-quatre années nous
ne nous étions vus que deux fois, et chaque fois pendant
bien peu de temps. Nous vînmes ainsi à Mugen, où je
restai un instant avec ma sœur [4] : après quoi je repris le
chemin du couvent, pour y passer la nuit; nous n'aurions
pu loger tous dans l'endroit.

Le jour suivant [5], à deux heures, je retournai à Mugen,
et je présentai à ma sœur les gentilshommes portugais [6] qui

[1] L'ambassadeur de l'empereur Rodolphe attendait l'impératrice à
Mugen. Voyant que le Roi se disposait à aller au-devant de sa sœur,
il monta à cheval pour en prévenir l'impératrice, et se déguisa afin
de n'être pas reconnu. Philippe II, qui le sut, le fit appeler et lui
donna place dans son chariot. (B. N. P.)

[2] L'impératrice voulait prévenir son frère, mais elle n'en eut pas le
temps. Philippe et Marie restèrent quelques instants dans les bras
l'un de l'autre, puis le Roi embrassa sa nièce, et il adressa la parole au
cardinal de Séville, qui accompagnait l'impératrice. (B. N. P.)

[3] Voy. p. 157, note 4.

[4] Philippe, dit une relation, était très-élégamment vêtu de noir; il
avait, ce jour-là, quitté le deuil qu'il portait pour la reine Anne.
(B. N. P.)

[5] 5 mai.

[6] L'impératrice leur fit un accueil gracieux, et ne voulut pas permettre qu'ils lui baisassent la main. (B. N. P.)

y étaient allés d'ici : je n'avais été accompagné, la veille,
que des gens qui étaient avec moi au couvent, où l'on
n'avait pu en recevoir que très peu. Aussitôt après nous
nous mîmes tous quatre en mon chariot : en ôtant quelques
coussins, nous fûmes plus commodément, ma sœur et moi,
parce qu'elle ne voulut pas me laisser placer à l'une des
portières, comme je le voulais. Nous fîmes ainsi le trajet
jusqu'à Almeirim par un très bon chemin, où il y a quantité de petits hérons et d'autres oiseaux. En entrant dans la
ville, nous aperçûmes Tofiño, auquel je ne pensais plus :
il était à pied ; nous fûmes tous quatre charmés de le rencontrer. Jusqu'à ce moment je n'ai pu lui parler, ayant été
une partie du temps avec ma sœur, et ayant employé le
reste à la dépêche de ce courrier [1].

Mon neveu a été aujourd'hui à la chasse ; on me dit qu'il
n'a rien tiré. Demain je crois que nous irons tous à la campagne, si quelque partie de chasse s'arrange. Jeudi nous
pensons aller par terre à Salvaterra, et de là par eau à Lisbonne, où nous arriverons en deux jours, de manière à y
être samedi. Ma sœur se porte très bien, quoique aujourd'hui
je l'aie entendue tousser un peu ; elle me dit que sa santé
n'était pas aussi bonne avant son arrivée à Guadalupe. Le
surplus, d'autres vous l'ont écrit ou vous l'écriront. Le
contentement que j'éprouve est facile à concevoir. Depuis
que nous sommes avec ma sœur, mon neveu est habillé de
rouge ; moi, je suis vêtu de velours et coiffé d'un bonnet.
Vous vous êtes tues sur la chute que vous, la cadette, vous
fîtes à Aranjuez, et je crois aussi sur d'autres choses. Ne
pensez pas que ce soit Tofiño qui m'ait appris la chute ;

---

[1] Philippe, après avoir conduit sa sœur dans ses appartements, se
rendit à la chapelle où reposait le corps du roi Henri, son oncle, sur
lequel il jeta de l'eau bénite. (B. N. P.)

comme je le dis plus haut, je ne lui ai presque point parlé :
mais le laquais, qui était présent, pourra probablement
donner plus de détails, et je me propose de les lui demander.
Je ne comprends pas de quel jardin près du palais, à Aranjuez, vous voulez parler, car je ne sache pas qu'il s'en fasse
là aucun ; je ne comprends pas davantage quelle est l'île où
vous dites que le jardin était très-beau : expliquez-moi cela,
ou je le demanderai à Herrera, qui probablement ne tar-
dera pas à venir.

Il est très vrai que j'ai entendu ma nièce parler, dans le
chariot, avec son frère, en allemand, et jusqu'à présent j'ai
entendu d'elle peu de paroles en espagnol : mais il me semble
qu'elle a de bonnes dispositions, selon ce que vous m'avez
écrit d'elle. Ma sœur n'avait pas à monter ni à descendre
beaucoup d'escaliers pour entendre les offices, puisqu'elle
me dit qu'elle les entendait de la tribune ; elle dut monter
davantage pour aller voir Notre-Dame de Orca (?), comme
elle me dit qu'elle l'avait fait : c'est une bien mauvaise
montée ; je l'expérimentai lorsque j'allai en Andalousie ; je
crois que vous deux vous ne le fîtes pas. Madeleine est
très joyeuse de la venue de ma sœur ; la robe de taffetas
qu'elle porte est fort usée : c'est un peu ma faute, car je ne
lui ai rien donné, quoiqu'elle n'ait pas manqué de se rap-
peler à mon souvenir. C'est chose remise jusqu'à Lisbonne.
Elle porte aussi une petite chaîne, et ma sœur a été fort
surprise de la voir ainsi, bien qu'elle dise qu'elle est comme
elle avait l'habitude d'être. Il ne me paraît pas que les
dames [1] aient de si grandes fraises ; elles les auront probablement raccourcies après qu'elles auront remarqué celles
dont on use en Espagne. Jusqu'à présent, du reste, je n'ai

[1] De la suite de l'impératrice.

guère vu ces dames; je ne les connais même pas encore bien; je ne saurais donc vous en donner d'autres nouvelles.

C'est une très bonne chose que vous fussiez tous bien portants : je crois que vous, ma fille puînée, vous vous serez bien trouvée des sirops que vous avez pris; mais je ne sais si vous vous serez purgée. Les détails que vous me donnez sur la fontaine, l'horloge et la chapelle d'Aranjuez me mettent tout à fait au courant de l'état des choses. Je vous ai dit plus haut que je ne comprenais point de quel jardin de l'île vous parliez : c'est probablement celui qui touche le pont qu'on fait en ce moment sur le Tage. Je ne crois pas que toutes les fenêtres à l'entour de la chapelle puissent aller; j'en ai parlé aujourd'hui à ma sœur; elle a été du même avis que vous : mais je doute que cela soit praticable. Vous avez raison : ce sont pour moi de très bonnes nouvelles d'apprendre que votre frère est débarrassé de ses fièvres : puissiez-vous tous être toujours bien portants!

Comme il est fort tard, je ne puis répondre à vos dernières lettres : ce sera pour un autre jour. Ma sœur m'a envoyé ce pli que j'ai été sur le point de ne pas vous transmettre, parce qu'elle ne vous écrit pas ainsi qu'elle devrait le faire : demandez-lui qu'elle vous écrive autrement. Dieu vous garde comme je le désire !

D'Almeirim, 7 mai 1582.

Votre bon père.

XXI

A LAS INFANTAS MIS HIJAS.

Lisboa, á 4 de junio 1582.

No pude responderos con el correo pasado, y aun oy no fuera mucho ser lo mysmo, porque, como han sido estos dias ocupados de vísperas, antier y ayer de misa de pontifical y oy de sermon, quedóme mucho que hazer para esta tarde. Oye my hermana los oficios desde una ventana junta á la que yo tengo, y my sobrino y yo abaxo en la capilla. Muy bien fué que vuestro hermano no tubiese más que la efimera y qu'estubiese ya bueno. My hermana me mostró una carta suya y una pintura de un caballo que me parece está mejor hecha que solia : decídselo así y que tengo libros de pinturas que llebarle quando baya. Y su retrato dice my hermana que no está bueno y qu'él está mejor, y aun que lo estaba el otro retrato que ella vió, que se hizo primero que este. Áme parecido en él que ha crecido, aunque no mejorádose en el gesto. A todos os querria ver más que en retratos. Agora he visto la carta en que me decís que os avía ya escrito otra vez de las ventanas que my hermana tiene á la capilla, y tambien lo avía dicho en esta carta : de manera que con esta os lo he escrito tres vezes; y por aquí veréis qual deve andar la cabeça con tantas cosas como la

cargan : pero, con todo esto, estoy bueno, que no es
poco. Oy ha visto my hermana my aposento, y andá-
dole todo, que no es poco, y tomárale yo con la vista
del rio ó mar en otra parte. Y tambien vos, la mayor,
os engañais en lo de la posta de my sobrino, que nunca
allá la corrió, y la de agora fué la primera vez, y creo
que lo havréis pensado porque una vez dixe yo que
avía estado cerca de correrla con él y su hermano. No
sé si á vuestra hermana le habrá buelto la enfermedad,
que ya debe ser tiempo y dévese correr con ella, pues
no ha dicho nada, y no sé si vos tambien, de que la
aya tenido primero que vos; y si fuera entónces la
cayda, quiza tubiera más que contar el lacayo del
conde. Bien creo que las damas de my hermana han
achicado los avaninos, porque no los traen grandes,
mas las berdugadas no por cierto, que son terribles,
si no es la de doña Graciosa, con quien está agora muy
mal Morata, y de manera que a no sé quantos dias que
no le podemos hazer ir al aposento de my hermana.
Y estando diciendo esto, ay una gran grita que le dan
en la calle, aunque ya no le dan tantas como solian.
Y muy bien haze vuestro hermano en aprender á
dançar, y así selo decid de mi parte. Y muy bien haréis
en ir á la huerta del Campo; y es así que no está como
solia, mas creo lo estará, porque embié de aquí uno
por teniente del Calabrés, que creo tendria más quenta
con ella. My sobrino me ha dado un gran recado para
vosotras en agradecimiento del roquete; dalde por
escrito aquí, y otro de Madalena, disculpándose de no
aver escrito oy; y yo creo que ha sido por tener visi-

tationes, que haze estos dias ventana en su aposento, para ver baylar los negros. Y no digo más, porqu'es muy tarde y he de madrugar para ir fuera mañana. Esas nuevas han venido de la India por tierra. Aunque ha un año que partieron de allá, embio'slas, porque las tienen los de aquí por muy buenas. Y Dios os guarde como deseo.

De Lisboa, á 4 de junio 1582.

Vuestro buen padre.

(Parafe du Roi.)

XXI

AUX INFANTES MES FILLES.

Lisbonne, 4 juin 1582.

Je n'ai pu vous répondre par le dernier courrier, et encore aujourd'hui il s'en est peu fallu qu'il en fût de même : car, ayant eu à assister, ces jours derniers, à des vêpres, avant-hier et hier à des messes de pontifical, et aujourd'hui au sermon, il m'est resté beaucoup à faire pour cette après-midi. Ma sœur entend les offices d'une fenêtre près de celle que j'ai, et mon neveu et moi en bas à la chapelle. C'a été une bonne chose que votre frère n'ait eu qu'une petite fièvre et qu'il en fût quitte déjà. Ma sœur m'a montré une lettre de lui avec la peinture d'un cheval, qui me paraît mieux faite que ses précédents ouvrages : dites-le-lui, et que j'ai des livres de peinture que je lui porterai à mon retour. Ma sœur dit que son portrait n'est pas bien ; qu'il est mieux que le peintre ne l'a représenté ; que son autre

23

portrait, fait auparavant et qu'elle a vu, était préférable. Il
m'a paru, en examinant celui-ci, que votre frère a grandi,
mais je ne lui ai pas trouvé une meilleure mine. Je voudrais vous voir tous, au lieu de vos portraits. Je viens de
lire la lettre où vous me dites que je vous avais déjà parlé
des fenêtres que ma sœur a à la chapelle, et je vous en ai
parlé encore dans ma dernière lettre, de façon qu'avec celle-
ci je vous l'aurai écrit trois fois. Par là vous verrez en quel
état doit être ma tête, avec tant de choses qui l'occupent :
mais, malgré tout cela, je me porte bien et ce n'est pas peu.
Ma sœur a visité aujourd'hui mon appartement dans tous
ses détails, ce qui n'est pas une petite affaire ; moi je l'aurais choisi ailleurs, avec la vue sur le Tage ou sur la mer.
Vous vous abusez aussi, vous, ma fille aînée, touchant la
poste que mon neveu aurait courue en Espagne : celle qu'il
vient de courir a été la première ; ce qui vous aura induite
en erreur, c'est probablement ce que je dis un jour, que
j'avais été sur le point de courir la poste avec mon neveu
et son frère. J'ignore si la maladie sera revenue à votre
sœur, comme on doit le supposer d'après le temps écoulé,
puisqu'elle n'a rien dit, et, je crois, vous non plus, de ce
qu'elle l'a eue avant vous : si la chute avait eu lieu alors,
le laquais du comte [1] aurait eu peut-être plus de choses à
rapporter [2]. Je pense que les dames de ma sœur ont rac-
courci leurs garnitures de robes, car elles ne les portent pas
grandes : mais il n'en est pas de même des vertugadins, qui

[1] De Barajas (?)

[2] Nous avons traduit cette phrase aussi littéralement que nous
l'avons pu : mais nous devons avouer que nous ne la comprenons
guère. Peut-être Philippe II veut-il dire que les signes de la puberté
s'étaient manifestés plus tôt chez l'infante Catherine que chez sa
sœur. On aura remarqué que, dans plusieurs des lettres précédentes,
il exprime son étonnement de ce qu'ils tardent tant à apparaître chez
l'infante Isabelle. Quant à la *chute*, il en est parlé dans la lettre XX.

sont terribles, excepté celui de doña Graciosa, avec laquelle
Morata est maintenant très mal, à ce point qu'il y a je ne
sais combien de jours que nous ne pouvons le faire aller
chez ma sœur. Au moment où j'écris ceci, on entend un
grand cri dans la rue contre lui, quoiqu'il ne soit pas aussi
grand que d'habitude. Votre frère fait très-bien d'apprendre
à danser; dites-le-lui de ma part. Vous avez raison d'aller
au jardin de la maison des Champs[1] : il est vrai qu'il n'est
pas comme il était autrefois, mais j'espère qu'il le rede-
viendra, car j'ai envoyé d'ici quelqu'un pour être le lieutenant du Calabrais, et je crois qu'il en aura plus de soin.
Mon neveu m'a chargé d'un grand compliment pour vous
deux en remerciement du rochet : tenez-le pour écrit ici, et
un autre de Madeleine, qui s'excuse de n'avoir pas écrit
aujourd'hui; la cause en est, je crois, qu'elle a eu des visites,
sa fenêtre ayant servi ces jours-ci à voir danser les nègres.
Je ne vous en dis pas davantage, parce qu'il est fort tard et
que je dois demain me lever de bonne heure pour aller
dehors. Ces nouvelles que je vous envoie sont venues des
Indes par terre. Quoiqu'elles aient un an de date, je vous
les communique, parce que ceux d'ici les tiennent pour
très bonnes. Dieu vous garde comme je le désire !

De Lisbonne, 4 juin 1582.

Votre bon père.

---

[1] La *Real Casa de Campo,* située à proximité du palais, sur la rive
droite du Manzanarès.

XXII

A LAS INFANTAS MIS HIJAS.

Lisboa, á 25 de junio 1582.

No pensé poderos escrivir; pero áme quedado un poco de tiempo, y así acuerdo de empliarle en esto. Decid á vuestro hermano que holgué mucho con su recado, y que yo me tengo á carga lo que me enco-myenda para en pudiendo ser, porque lo deseo harto más qu'él, por lo que le deseo ver y á todos vosotros. La calentura de my hermana no pasó adelante, y fué después á Enxobregas, como creo que os escriví; mas my sobrina ha tres ó quatro dias que tiene una poca, y oy la han sangrado, aunque le sacaron poca sangre; y esta tarde me dixo Valles que le parecia qu'estaba sin calentura, y quando él lo dice, bien se puede creer. Y diz que se usa en Alemania, la primera vez que se sangran, como lo ha sido agora, hazerle todos pre-sentes, y así lo han hecho oy; y uno díz que le dió dos pollos vivos. Muy bien a sido ir á la casa del Campo, y ya creo que estaréis en las Descalças. Y tambien lo fué ver las danças de Corpus Christi. Y si vuestro her-mano tiene myedo de aquellas cosas, procurad que no le tenga, y decídle de lo que son, que con esto lo per-derá. Acá no ubo foliones, sino muchas danças de mugeres, y algunas que cantavan bien, aunque, como escriví, yo pude ver poco, por ir al cabo de la procesion y ser tan larga. Madalena lo haze muy bien en escríviros, y está aquí agora, y dice que os diga de su parte que quixera más estar con vosotras que embiaros recado; y yo digo que, aunque se le lebantan los pies quando oye algun son, se cansa ya tanto que no puede baylar. Y el otro dia tubo un desmayo y ha quedado harta flaca. Morata diz que está ya bueno, mas aun no viene acá; y hartas vezes me ha pedido que os embie recados, y queria me los dar tan largos que no os los he escrito; y no lo sepa él, que lo tomára muy mal; y algunas vezes se los doy yo vuestros, que todo es me- nester para que no esté mal comygo, aunque algunas vezes lo está harto, pero no tanto como solia. No sé lo que será después desta enfermedad. No sé más que os diga, ni tengo más tiempo. Y guarde os Dios como deseo.

De Lisboa, á 25 de junio 1582.

Vuestro buen padre.

(Parafe du Roi.)

XXII

AUX INFANTES MES FILLES.

Lisbonne, 25 juin 1582.

Je ne pensai pas pouvoir vous écrire; mais il m'est resté un peu de temps, et je veux l'employer à cela. Dites à votre frère que son billet m'a fait beaucoup de plaisir, et que ce qu'il me recommande je me charge de l'accomplir, lorsque cela se pourra, car je le désire plus que lui, étant impatient de le voir et vous autres tous. Ma sœur a été vite débarrassée de sa fièvre; elle est allée à Xobregas, comme je crois vous l'avoir écrit : mais, depuis trois ou quatre jours, ma nièce a ressenti de légères atteintes du même mal; aujourd'hui on lui a tiré un peu de sang. Valles[1] m'a dit, cette après-dînée, qu'il lui paraissait que c'était fini; et, quand lui le dit, on peut y croire. On prétend que c'est l'usage, en Allemagne, de faire des présents aux personnes qui sont saignées pour la première fois, comme ma nièce vient de l'être; et ainsi tous ses gens lui en ont fait aujourd'hui : l'un d'eux, dit-on, lui a donné deux poulets vivants. Vous avez très bien fait d'aller à la maison des Champs; en ce moment, je le suppose, vous êtes au monastère des Descalzas. Vous avez également bien fait de voir les danses du *Corpus Christi*. Si votre frère a peur de ces danses, appliquez-vous à la lui faire perdre en lui expliquant ce que c'est. Ici il n'y a pas eu de danses à la manière d'Espagne[2], mais beaucoup de femmes dansaient et quelques-unes qui chantaient agréablement; du reste, comme je l'ai écrit, je pus voir peu de chose, parce que je marchais en tête de la procession et qu'elle était fort longue. Madeleine fait très bien de vous écrire; elle est auprès de moi en ce moment, et elle me prie de vous dire qu'elle aimerait mieux être avec vous que de vous donner de ses nouvelles par correspondance : moi je dis que, quoique les pieds lui démangent quand elle entend quelque air de danse, elle se fatigue maintenant si vite qu'elle ne peut plus danser. L'autre jour

---

[1] Dans les états conservés au palais de Madrid figure un *Antonio Valles* en qualité de chirurgien du commun des Bourguignons (*cirujano del común de los Borgoñones*).

[2] C'est-à-dire accompagnées de harpes, guitares, violons, tambourins et castagnettes.

elle eut une défaillance et elle en est demeurée très faible.
On dit que Morata est rétabli; mais il ne vient pas encore
ici : assez souvent il m'a demandé de vous envoyer ses compliments; il voulait me les donner si longs que je ne vous
en ai pas écrit. Il ne faut pas qu'il le sache, car il le prendrait très mal. Quelquefois je lui donne de vos nouvelles.
Tout cela est nécessaire pour qu'il ne soit pas mal avec
moi, bien que quelquefois il le soit assez, cependant pas
autant qu'il en avait coutume. Je ne sais ce qu'il en sera
après cette maladie. Je n'ai plus rien à vous dire, et n'ai
d'ailleurs plus de temps. Que Dieu vous garde comme je
le désire !

De Lisbonne, 25 juin 1582.

Votre bon père.

XXIII

A LAS INFANTAS MIS HIJAS.

Lisboa, á 30 de julio 1582.

Después que os escriví el otro dia, he ido siempre
mejorando, aunque algo despacio. De dos ó tres dias á
esta parte me parece qu'es más á priesa, aunque todadía tomo xaraves á las mañanas, y bien vellacos, porque tienen ruybarbo, y bevo una vez de dos que bevo
de agua de agrimonía. Espero qu'estaré presto bueno
del todo, si Dios fuere servido dello. Con vuestras
cartas, que reciví el myércoles, holgué mucho, por

saver que todos esteis buenos : así sea siempre. Y
bueno es que en Aranjuez aya ya cidras, como vos, la
menor, me lo escrivís. A las demás cartas vuestras,
por ser ya viejas, acuerdo de no responder, sino que-
marlas, por no cargar más de papeles, y no creo que
ay nada en ellas á que ubiese que responder cosa que
importase : pero, si lo avía, me lo podréis bolver á
escrivir. Ayer vino nueva como ha llegado, 40 leguas
de aqul, á un puerto, una nao de las que vienen de la
India, que por ser vieja vino primero que las demás.
Creo que vendrá aquí presto. No sé lo que traerán :
solo he savido que viene en esta nao un elefante que
embia á vuestro hermano el visorey que embié á la
India desde Tomar, que hera ya llegado allá y llegó á
buen tiempo, porque hera muerto el que allá estava,
digo el visorey que allá estava. Decid á vuestro hermano esto del elefante y que le tengo un libro que
embiar en portugués, para que por él le aprenda, que
muy bueno seria que lo supiese ya hablar; que muy
contento vino don Antonio de Castro de las palabras
que le dixo en portugués, que fué muy bien si así fué.
Y ya esta es muy larga para conbaleciente y flaco. Y
Dios os guarde como deseo.

De Lisboa, á 30 de julio 1582.

Vuestro buen padre.

(Parafe du Roi.)

XXIII

AUX INFANTES MES FILLES.

Lisbonne, 3o juillet 1582.

Depuis que je vous écrivis dernièrement[1], mon état n'a pas cessé de s'améliorer, quoique avec quelque lenteur[2]. L'amélioration, à ce qu'il me semble, est plus sensible depuis deux ou trois jours, bien que tous les matins je prenne encore des sirops, et de fort mauvais, parce qu'ils contiennent de la rhubarbe; j'en prends un verre sur deux d'eau d'aigremoine. J'espère que bientôt, s'il plaît à Dieu, je serai entièrement rétabli. Vos lettres, que je reçus mercredi[3], m'ont fait beaucoup de plaisir en m'apprenant que

---

[1] Cette lettre est une de celles qui nous manquent.

[2] On écrivait, de Madrid, le 10 juillet, que le 27 juin Philippe II avait été atteint de la goutte au poignet droit, avec quelques accès de fièvre; qu'on lui avait tiré six onces de sang; que la fièvre l'avait quitté, mais que la goutte s'était portée aux pieds et que, le 2 juillet, il gardait le lit.

Le 24 juillet on mandait que le Roi était hors de danger; qu'il avait souffert, durant trois jours, de grandes douleurs d'entrailles; qu'il était toujours alité, mais que l'appétit et le sommeil étaient bons.

On annonçait, le 6 août, qu'il était presque entièrement rétabli, mais qu'il était faible et pâle. (B. N. P.)

L'ambassadeur de France à la cour d'Espagne, Saint-Gouard, qui était en ce moment à Lisbonne, écrivait, de son côté, le 23 juillet, à Catherine de Médicis : « Sur l'indisposition de la goutte qui fut « occasion de faire mectre le roy catholique au lict, l'on le saigna et « purga : sur quoy il luy chargea une douleur de costé, laquelle j'en- « tends est venue résouldre en une jonisse, laquelle enfin luy est venue « sortir dans le visage; n'aiant néaulmoins, pour ces deux accidens, « heu aulcune altération ne sentiment de fiebvre; et est à ceste heure « de tout libre de la douleur du costé, lequel l'on dict procédoit de « quelques vens; et aussi ce qui s'estoit apparu de la jonisse s'est fort « diminué et presque il n'y paroist, ainsi que l'on m'a asseuré, que « bien peu. » (Bibliothèque nationale à Paris, Ms. fr. 16108, fol. 143.)

[3] 25 juillet.

24

vous vous portez tous bien : puisse-t-il en être ainsi toujours ! C'est une bonne chose qu'il y ait déjà des citrons à Aranjuez, comme vous, ma fille puînée, me l'écrivez. Je ne crois pas devoir répondre à vos autres lettres, parce qu'elles sont déjà de vieille date, et je les brûlerai, pour ne pas me charger de trop de papiers; je ne suppose pas d'ailleurs qu'elles renferment quelque chose sur quoi il importe que je fasse réponse; si cependant cela était, vous pourriez m'en écrire de nouveau. Hier on a reçu la nouvelle de l'arrivée, dans un port, à quarante lieues de Lisbonne [1], d'un des navires attendus des Indes, lequel, étant d'ancienne construction, a devancé les autres. Je crois qu'il viendra bientôt ici. J'ignore ce que cette flotte nous apporte; je sais seulement que sur le navire en question est un éléphant envoyé à votre frère par le vice-roi que je nommai pour les Indes, étant à Thomar [2], et qui y arriva à propos, car celui qu'il allait remplacer était mort dans l'intervalle. Annoncez à votre frère le fait de l'éléphant; dites-lui aussi que je lui enverrai un livre en portugais, pour lui servir à apprendre cette langue que je voudrais qu'il sût déjà parler. Don Antonio de Castro [3] s'est montré fort satisfait des paroles que votre frère lui dit en portugais et qui étaient très bien, si en effet il les a dites. Cette lettre est déjà fort longue pour quelqu'un qui est convalescent et faible. Dieu vous garde comme je le désire !

De Lisbonne, 30 juillet 1582.

Votre bon père.

---

[1] A Lagos, ville de l'Algarve.

[2] Don Francisco Mascareñas. Ce n'était pas à Thomar, mais à Elvas, que Philippe II l'avait nommé pour remplacer le comte Atauguia. (Voir sa lettre du 15 janvier 1581 au duc d'Albe dans le tome XXXIII des *Documentos inéditos para la historia de España*, p. 444.)

[3] Voy. p. 126, note 2, et p. 148, note 1.

XXIV

A LAS INFANTAS MIS HIJAS.

Lisboa, á 3 de setiembre 1582.

No puedo responderos agora, que tengo mucho que hazer y es tarde; y así lo dexaré para el lúnes, por deciros algo de la procesion que vimos ayer, my hermana y mys sobrinos y yo, desde las ventanas de la Rua Nova que están pasado el aposento de my hermana. Y aunque creo que muchos escrivirán della, no quiero dexar de deciros que fué muy buena. Es solamente de una perocha, que lo es desta casa, que se llama Sant Jian, qu'es Sant Julian, como creo que ya lo sabeis; en todas las de aquí van haziendo las procesiones después de Corpus Christi, como ay tambien se haze. Y esta ví agora un año, no sé si os lo escriví, mas entónces fué ordinaria, y algunos años de tarde en tarde dicen que la hazen muy bien, y esto pocas vezes, porque les cuesta mucho. Y á la de ayer no pudo dexar de ser así, porque cierto fué muy buena; y aunque decian mucho della y yo pensé que no avía de parecer por esto tambien, ha parecido aun mejor de lo que todos pensávamos; y cierto me ha pesado mucho de que no la viésedes, ni vuestro hermano, aunque hubo unos diablos que parecian á las pinturas de Hieronimo Bosc, de que creo que tuviera myedo. Diéronme, la tarde ántes, un papel de las cosas que

iban en la procesion fuera de las ordinarias, y fué muy
necesario, porque le tuvimos y por él entendíamos lo
que hera cada cosa; y aquí os le embio : por donde lo
entenderéis, aunque va mucho de visto á escrito; y lo
que dél no entendiéredes os lo podrá declarar doña
María Manuel. Y porque otros escrivirán otras cosas,
no quiero decir más, sino que esta tarde me han dicho
qu'el galeon que se hizo aquí y se hechó á la mar,
como creo que os lo escriví, y se llama *Sant Phelipe*,
y fué por capitan de las naos que fueron á la India en
principio de abril, es buelto y está en Cascaes, y dicen
que ha buelto de mil y quinientas leguas de aquí; no
he sabido aun el porqué ni la causa; y agora no podrá
bolver á partir hasta março, con las que entónces han
de partir. De las tres que faltan aun de la India hay
alguna nueva de las dos, aunque no muy ciertas; si lo
fuesen, creo que vendrán presto aquí, porque para
esto haze buen tiempo, pero no para aquí, que haze
mucho ayre y anda la mar alta, de manera que las
galeras se han pasado á la otra parte del rio, adónde
no haze tanto viento como aquí. Y Dios os guarde
como deseo.

De Lisboa, á tres de setiembre 1582.

Vuestro buen padre.

(Parafe du Roi.)

XXIV

AUX INFANTES MES FILLES.

Lisbonne, 3 septembre 1582.

Je ne puis vous répondre en ce moment, car j'ai beaucoup
à faire, et il est tard; je remettrai donc ma réponse à lundi,
pour vous dire quelques mots de la procession que nous
vîmes hier, ma sœur, mes neveux et moi, des fenêtres de la
rue Neuve, qui sont après l'appartement de ma sœur; et
quoique je suppose que plusieurs personnes en écriront, je
ne veux laisser de vous faire savoir qu'elle a été très belle.
Cette procession est celle de la paroisse de ce palais, laquelle
se nomme *Sant Jian*, c'est-à-dire Saint-Julien, comme
déjà vous le savez, je crois. Dans toutes les paroisses de
Lisbonne les processions se suivent depuis le *Corpus
Christi*, de même qu'à Madrid. Celle-ci je la vis déjà il y a
un an; je ne sais si je vous l'écrivis[1], mais alors elle fut
ordinaire : on dit qu'il y a des années, par intervalle, où
elle a une solennité exceptionnelle[2], mais comme cela en-
traîne des dépenses considérables, on ne le renouvelle pas
souvent. Il a dû en être ainsi de celle d'hier[3], car elle était
véritablement fort belle; et quoiqu'on en eût beaucoup
parlé et que je doutasse qu'elle répondît à tout ce qu'on en
disait, elle a encore surpassé l'idée que nous nous en fai-
sions tous : aussi j'ai infiniment regretté que vous et votre
frère vous ne l'ayez pas vue, bien qu'il y eût des diables,

[1] Il l'écrivit en effet. Voy. la lettre VII, du 21 août 1581.
[2] Tous les sept ans, selon une relation envoyée, le 6 septembre, de
Lisbonne à Madrid. En 1582 elle fut anticipée de deux ans en l'honneur du Roi. (B. N. P.)
[3] Elle coûta plus de douze mille ducats. (B. N. P.)

comme Jérôme Bosch[1] en a peint, qui, je crois, lui auraient fait peur. La veille, dans l'après-midi, on m'avait
remis un papier où étaient décrites les choses qui y figure-
raient, indépendamment de celles qui y figurent d'ordinaire;
il était très nécessaire, car il a servi à nous faire comprendre
la signification de chacune de ces choses. Je vous l'envoie:
vous saurez par là ce qu'il en a été, quoiqu'il y ait une
grande différence entre voir un objet et en lire la description; ce que vous n'y comprendriez pas, doña María Manuel
vous le pourra expliquer. Comme d'autres écriront d'autres
détails, je ne vous dirai rien de plus, si ce n'est que, cette
après-midi, on m'a rapporté que le galion *Saint-Philippe,*
lequel se construisit et fut lancé à la mer à Lisbonne,
comme je crois vous l'avoir écrit[2], et qui fut la capitane
des navires envoyés aux Indes au commencement d'avril,
est de retour et se trouve à Cascaes. On dit qu'il est revenu
de quinze cents lieues d'ici; je ne sais pas encore pourquoi:
maintenant il ne pourra remettre à la voile qu'au mois de
mars avec ceux qui doivent partir alors. Des trois navires
qui manquent encore des Indes, il en est deux dont on a
des nouvelles, mais pas bien certaines; si elles l'étaient, je
pense qu'ils arriveraient bientôt à Lisbonne, car le temps
est propice pour cela; il n'en est pas de même pour ici, où
le vent est très fort et la mer haute : c'est pourquoi les galères ont passé à l'autre côté du fleuve, où le vent ne se fait
pas autant sentir. Dieu vous garde comme je le désire !

Lisbonne, 3 septembre 1582.

Votre bon père.

[1] Bos, Bosch ou Bosco, peintre hollandais, né au milieu du quinzième siècle, mort au commencement du seizième. Il y avait plusieurs
tableaux de lui à l'Escurial.

[2] Voy. p. 143.

XXV

A LAS INFANTAS MIS HIJAS.

Lisboa, á 17 de setiembre 1582.

He holgado mucho de entender, por vuestras cartas, que todos esteis buenos, y que la calentura de vuestra hermanica no pasase adelante; y el conde me ha escrito dos vezes, después acá, con dos estraordinarios que han venido, qu'estava buena; y el otro dia m'escrivió grandes quentos suyos. Bien deveis d'entender portugués, pues decís qu'entendístes el papel de la procesion; y no es poco, porque algunas palabras avía en él que no las entendí yo hasta que me las dixeron; y bien creo que algunas dexaríades de entender, pero serian pocas. Si los toros que ay mañana aquí delante son tan buenos como la procesion, no habrá más que pedir, y aun que sean como los tablados que han hecho para ellos, que son tan de propósito como si ubieran de durar mucho tiempo, y hoy los han començado á aderecar, y van pareciendo bien : no sé lo que será mañana. Y Madalena tiene un pedaço de un terradillo que sale á la plaça en su aposento, y a estado tan ocupada en componerle que no ha podido escrivir, ni aun creo que ha querido, aunque yo se lo he acordado algunas vezes, que dice que no puede acabar consigo d'escrivir en vísperas de toros; y está tan regocijada

para ellos como si hubiesen de ser muy buenos, y creo
que serán ruynes. Lo mejor creo que serán folías que
dicen que han de andar por la plaça. Y lo que fuere
Madalena lo escrivirá después, si no sele holvidáre de
aquí al lúnes, que sí creo que hará. Decís, vos la
mayor, que avían dicho ay que avían llegado las galeras que venian de la India, y no se os acuerda que no
son galeras, sino naos y muy grandes; y no llegaron
sino antier aquí, y el dia ántes á Cascaes, y junto con
ellas llegó el marqués de Santa Cruz con la mayor
parte de la armada; y aunque avía partido ántes que
las naos, las alcanço al llegar á Cascaes, porque,
estando ya muy cerca de la Tercera, le dió una tormenta muy grande que le apartó de allí házia acá, de
manera que no le pareció bolver allá, ni que podria
ya tener tiempo para ello. Y de aquella tormenta que
fué el mysmo dia que aquí ubo una poca, y se quemó
ay la puerta de Guadalajára, digo la mysma noche, se
desaparecieron cinco ó seis naos que no han llegado
aun ni se sabe dellas, aunque se cree que havrán ido
á algun otro puerto. No ha sido malo quemarse la
puerta de Guadalajára, porque ántes embaraçava allí
aquella torre, y estará la calle muy buena sin ella,
mucho mejor qu'estaba ántes. Y estando en esa mysma
casa, ví yo otro gran fuego, muchos años ha, que fué
de la casa de don Francisco de Vargas, que no creo
que deveis aver visto ni pasado por ella. Y no cay en
verlo de los aposentos altos, sino del baxo donde po-
sava, aunque creo que del uno ny del otro no se vía
sino la llama del fuego que hera muy grande, por ser

la casa no......... [1]. Se parece de allí, y la puerta creo
que se devía parecer agora de lo alto. Y bien creo que
de ahy se hechará menos el relox, aunque no mucho,
segun andava algunas vezes, aunque agora devía andar
mejor. Y el del alcaçar tampoco creo que no anda muy
bien, quando yo no estoy en él. Muy bien es que
vuestro hermano no tenga myedo, como decís, vos la
menor, y no creo que le tubiera de los diablos de la
procesion, porque venian buenos y víanse de lexos, y
mas parecian cosas di hieromóvoces que no diablos;
y cierto que heran buenos, pues no heran verdaderos.
No ay mas nuevas que deciros ni otra cosa sino que
os guarde Dios como deseo.

Lisboa, á 17 de setiembre 1582.

Vuestro buen padre.

(Parafe du Roi.)

XXV

AUX INFANTES MES FILLES.

Lisbonne, 17 septembre 1582.

Je me suis réjoui d'apprendre, par vos lettres, que vous
êtes tous bien portants et que la fièvre de votre petite sœur
n'a pas continué. Le comte [2] m'a depuis, par deux courriers extraordinaires qui m'ont été expédiés, écrit qu'elle

---

[1] Ici finit la deuxième page de la lettre qui forme une feuille. Il doit
y manquer une feuille ou un feuillet intercalé. La troisième page
commence par *se parece de allí.*

De Barajas.

allait bien ; l'autre jour il m'a longuement parlé d'elle. Vous
devez entendre le portugais, puisque vous dites que vous
avez compris le papier de la procession [1], ce qui n'était pas
facile, car il s'y trouvait des mots que, moi, je ne compris
pas et que je dus me faire expliquer ; je suppose qu'il y en
aura eu quelques-uns, quoique en petit nombre, que vous
n'aurez pas compris non plus.

Si la course de taureaux qu'il y a ici demain, devant le
palais, réussit autant que la procession, il n'y aura rien à
désirer, et même si elle répond à l'amphithéâtre qu'on a
construit pour les spectateurs dans des conditions comme
s'il devait être permanent. On a commencé aujourd'hui de
le décorer, et il paraît bien ; je ne sais ce qu'il en sera demain. Madeleine a dans son logement un bout de petite
terrasse qui donne sur la place ; elle a été si occupée à l'arranger qu'elle n'a pu vous écrire ; je crois même qu'elle ne
l'a pas voulu, car je le lui ai rappelé plusieurs fois : elle dit
que, la veille d'une course de taureaux, elle ne saurait se
mettre à écrire. Elle se fait une fête du spectacle de demain,
comme si les taureaux devaient être excellents ; je crois,
moi, qu'ils seront mauvais, et que ce qu'il y aura de mieux,
ce seront les danses qui, dit-on, auront lieu sur la place.
Elle écrira ce qu'il en aura été, si elle ne l'oublie pas d'ici
à lundi prochain, comme elle est capable de le faire.

Vous dites, vous, ma fille aînée, qu'on a annoncé à Madrid l'arrivée ici des galères venant des Indes : vous avez
oublié que ce ne sont pas des galères, mais des vaisseaux
et de très grands. Ils ne sont arrivés à Lisbonne qu'avant-
hier ; le jour précédent ils s'étaient arrêtés à Cascaes. En
même temps que ces vaisseaux est venu le marquis de Santa

---

[1] Voy. p. 190.

Cruz avec la plus grande partie de l'armée navale [1]; quoiqu'il eût mis à la voile avant eux, il les joignit à leur
arrivée à Cascaes, parce que, étant tout près de la Tercère,
il survint une grande tempête qui l'en éloigna dans la
direction d'ici, de sorte qu'il ne crut pas devoir y retourner,
jugeant même qu'il n'en aurait pas le temps [2]. Par suite de

---

[1] L'entrée du marquis de Santa Cruz dans le port de Lisbonne fut
très solennelle; le Roi, l'impératrice, l'archiduc Albert, l'archiduchesse Marguerite, la virent des fenêtres du palais. Le même jour,
Philippe, sa sœur, son neveu et sa nièce admirent le marquis à leur
baiser la main; le Roi ne le fit pas toutefois couvrir, ainsi que lui et
ses amis l'avaient espéré. (B. N. P.)

Santa Cruz avait, le 26 juillet précédent, aux Açores, remporté une
victoire signalée sur l'escadre française, composée de soixante voiles,
où était le prieur don Antonio, et que commandaient Philippe Strozzi
et le comte de Brissac.

[2] Deux lettres du cardinal de Granvelle à la duchesse de Parme, des
14 et 28 septembre, contiennent sur les opérations du marquis de
Santa Cruz des détails plus précis.

On lit dans la première : « Depuis la bataille, sont arrivées à l'île
« Saint-Michel deux caraques des Indes de Portugal, qui venoient à
« la suite de celles déjà arrivées à Lisbonne, lesquelles viennent
« toutes fort riches. Le marquis faisoit accompagner lesdictes deux
« caraques d'aultres sept bateaux conduicts par le capitaine Chris-
« toval d'Erano, pour leur faire escorte jusqu'à Lisbonne. Le marquis
« pourvoira à l'assurance de l'île de Saint-Michel. Cela fait, il se
« mettra en chemin pour son retour, après avoir donné une veue à
« la Tercera, pour voir si D. Antonio parlera de se rendre à la merci
« du Roi, ou si l'île se vouldra soumettre, ou si, au moyen de quel-
« que intelligence, on y pourra entrer. » (Archives Farnésiennes, à
Naples.)

Le cardinal écrit le 28 : « Depuis la victoire, le marquis reprint l'île
« de Saint-Michel que les François avoient occupé et l'a pourveu de
« gens, de vivres, d'artillerie et d'aultres munitions; et ayant réparé
« le dommage que nostre armée avoit receu en la bataille, accommoda
« en ladicte isle les blessez qui ne pouvoient compatir la mer, et
« luy estant arrivée l'armée de l'Andelousie, s'enchemina vers l'isle
« de Corvo, pour assheurer nos flottes des Indes, n'ayant heu aver-
« tissement de l'arrivée de celle de la Nova Spagna, qu'est de 33 bas-
« teaulx et ung des Indes de Portugal. En son chemin il en rencontra
« deux fort riches desdictes Indes de Portugal que venoient à la suyte
« de la première; et ayant ledict marquis sceu ce qu'estoit arrivé,

cette tempête, qui se fit sentir le même jour ici, mais faiblement, cinq ou six navires ont disparu, dont on n'a point de nouvelles; on suppose qu'ils auront gagné quelque autre port. C'est la nuit de ce même jour que la porte de Guadalajára a été la proie des flammes : le mal n'est pas grand, car elle embarrassait la tour, et maintenant la rue sera beaucoup mieux qu'elle n'était auparavant. Étant dans cette maison il y a longtemps, je fus témoin d'un autre grand incendie, celui de l'habitation de don Francisco de Vargas, laquelle je ne crois pas que vous connaissiez. Je le vis, non des appartements d'en haut, mais de ceux d'en bas, où je logeais, bien que des uns et des autres on ne pût guère apercevoir que les flammes; le feu était très fort, à cause que la maison . . . .

. . . .

Il est très bien que votre frère [1] n'ait pas peur, comme vous le dites, vous, ma fille puînée, et je ne crois pas qu'il l'aurait eù des diables de la procession [2], car c'étaient de bons diables; on les voyait de loin, et ils ressemblaient plutôt à des. . . . . [3] qu'à des diables, et certainement qu'ils étaient bons, puisqu'ils n'étaient pas des diables véritables. Je n'ai

---

« s'enchemina droict vers la Tercera, et vint à la veue de l'isle, à une
« lieue près, où il luy survint une tourmente, estant jà la mer, de ce
« costel-là, d'oires en avant peu praticable, et s'escartant l'armée de
« sorte qu'il eust peine de en trois ou quatre jours la rassembler.
« Quoy voyant, print résolution de retourner, comme il ha faict, et ha
« ramené toute l'armée saulve avec la navire capitane des François...»
(Bibliothèque de Besançon.)

[1] Don Diego.

[2] Voy. p. 189.

[3] Je n'ai pu, malgré tous mes efforts, trouver une traduction satisfaisante des mots *cosas de hieromóvoces*, et je me suis vainement adressé, pour en avoir l'explication, à des personnes auxquelles la langue castillane est familière.

pas d'autres nouvelles à vous donner ni autre chose à vous dire. Dieu vous garde comme je le souhaite !

De Lisbonne, le 17 septembre 1582.

Votre bon père.

XXVI

A LAS INFANTAS MIS HIJAS.

Lisboa, á 1º de otubre 1582.

Siempre huelgo mucho con vuestras cartas, y así hazeis muy bien en escrivírmelas, y más quando me dais tan buenas nuebas de vuestros hermanos, y así creo que lo son las vuestras. Y muy bien es que entendais portugués tambien como decís, y así procurad que lo entienda vuestro hermano, que será mucho menester para que entienda á los que fueren de acá; y le hagais leer en portugués, y se lo declareis, pues tambien lo entendeis. Y porque creo que deve aver acabado de henchir ya las letras coloradas, os embio aquí unas con que creo que havrá para harto tiempo, y aun me quedan acá más; y así hazed que las baya henchiendo, pero poco á poco, de manera que no se canse, y tambien hazed que algunas vezes las baya contrahaciendo, que desta manera aprenderá aun más, y espero que con esto ha de hazer buena letra. Y hasta que la haga buena, mejor es que no escriba, por qu'el

juntar después las letras mejor lo aprenderá despues,
quando aya quien se lo muestre bien. De los toros os
escriví el otro dia quan ruynes fueron; y así no ay más
que decir dellos, sino de Madalena, que después acá
ha estado con calentura y sangrada dos vezes y purgado una: mas ya está buena, y oy ha venido acá,
aunque muy flaca y de mala color, y díxome que no
le savía bien el vino, que es mala señal para ella. Y oy
no teneis de que quexaros della, pues, sin decirnos
nada, ha escrito, y quando vino, me truxo el pliego
para el conde en que deven ir sus cartas. Y en verdad
que me ha parecido oy tan flaca que creo que qualquiera cosa la llevaria : pero suele bolver bien en sí,
y por esto será mucha parte una cadenilla de oro que
le embió my hermana, y unos braçaletes my sobrina,
por la sangría, como se usa en Alemania. Creo qu'estarán ay muy bien las reliquias, que así me lo pare-
cieron á my una vez que las ví, y no hera el dia que allí
estuvístes de Sant Victor, sino de Sant Mauricio y sus
compañeros; pero, por estar ay el cuerpo de Sant
Victor, que fué uno dellos, se deve hazer aquel dia su
fiesta. No creo que podrá dexar de sentir don Diego
de Cordova la muerte de............ [1], porque creo que
pierde mucho en ella. Quando vino el correo que truxo
estas cartas y la nueva d'estar tan mala, vino aquí
aquella noche á pedirme lo de su hija, qu'escriví al
conde con un correo que fué el otro dia estraordinario;
y otro vino de ay, con quien supe que avía avido ay
truenos y tormenta : no sé si los sentiríades, vos la

[1] Nom illisible.

mayor. No querria que se hubiese pasado el pico de vuestro hermano quando yo llegue, aunque, placiendo á Dios, espero que ha de ser presto; y él lo haga así, como lo espero en pedírselo vosotras y en tan buen tiempo como vos, la menor, m'escrivís de averos confesado y comulgado, y de aver encomendado á vuestro confesor que se lo pida, porque creo yo que sus oraciones valdrán mucho para todo, por ser tan buen hombre. Y así es como decís, que la venida del marqués de Santa Cruz ayudará para abreviar la ida. En aviendo alguna cosa sobrella, os lo avisaré. Y agora no tengo más que deciros sino que os guarde Dios como deseo.

De Lisboa, á primero de otubre 1582.

Y la hecha de vuestas cartas del sábado creo que traerá ya la hecha por la quenta nueba, que ha de ser estraña cosa. Y no sé si en todas partes se ha de acabar de entender, y que ha de aver yerros en ello. Presto lo veremos.

Vuestro buen padre.

(Parafe du Roi.)

XXVI

AUX INFANTES MES FILLES.

Lisbonne, 1er octobre 1582.

Vos lettres me causent toujours beaucoup de plaisir; vous faites donc très bien de m'écrire, surtout quand vous me donnez de si bonnes nouvelles de vos frères, et je crois qu'il

en est de même des vôtres. Il est fort bien que vous enten-
diez le portugais ainsi que vous le dites : faites en sorte que
votre frère l'entende comme vous ; il en aura grand besoin
pour comprendre les personnes d'ici qui iront à Madrid ;
faites-lui lire du portugais et expliquez-le-lui, puisque vous
l'entendez si bien. Je crois qu'il aura achevé de remplir les
lettres coloriées : c'est pourquoi je vous en envoie d'autres
avec lesquelles il en aura pour assez longtemps, et il m'en
reste encore davantage. Faites qu'il s'occupe de les remplir,
mais petit à petit, de manière à ne pas se fatiguer, et que
quelquefois il les imite ; il apprendra ainsi mieux, et j'espère
que par là il acquerra une bonne écriture. Jusqu'à ce qu'il
l'ait, il vaut mieux qu'il n'écrive pas, parce qu'il apprendra
mieux à assembler les lettres quand il y aura quelqu'un
qui le lui montre bien. Je vous ai fait savoir, l'autre jour[1],
comme la course de taureaux avait été mauvaise ; il n'y a
donc plus rien à en dire : mais il me faut parler de Madeleine, qui, depuis lors, a eu la fièvre et a été saignée deux
fois et purgée ; à l'heure qu'il est, elle va bien. Aujourd'hui
elle est venue me voir, quoique très faible encore et de
mauvaise couleur : elle m'a dit qu'elle n'avait pas de goût
au vin, ce qui pour elle est un mauvais signe. Vous n'avez
pas cette fois à vous plaindre d'elle, car, sans nous rien
dire, elle a écrit, et quand elle est venue, elle a apporté le
pli pour le comte[2] qui doit renfermer ses lettres. Véritablement elle m'a paru aujourd'hui si faible que je crois
que quelque raison particulière l'aura fait venir : mais,
d'ordinaire, elle se remet vite, et ce qui y contribuera beaucoup, c'est une petite chaîne d'or qui lui a été envoyée par
ma sœur et des bracelets par ma nièce, à l'occasion de la

[1] Cette lettre nous manque.
[2] De Barajas.

saignée qu'elle a subie, ainsi que cela se pratique en Allemagne [1]. Je crois que les reliques sont là-bas très bien; elles
me le parurent lorsque je les vis. Le jour où vous fûtes là
n'était pas la fête de saint Victor; c'était celle de saint
Maurice et de ses compagnons : mais, comme le corps de
saint Victor, qui fut l'un d'eux, repose là, sa fête se célèbre
ledit jour [2]. Don Diego de Cordova [3] ne pourra laisser de
regretter la mort de............, car je crois qu'il y perd beaucoup. Dans la soirée du jour où arriva le courrier porteur
de ces lettres et de la nouvelle qu'elle était si mal, il vint
m'entretenir du fait de sa fille, dont j'écrivis au comte par
un courrier extraordinaire, qui partit le jour d'après. Un
autre courrier arriva de Madrid, par lequel j'appris qu'il y
avait eu là une tempête accompagnée de coups de tonnerre;
je ne sais si vous, ma fille aînée, vous en serez ressentie.
Je ne voudrais pas que le babil de votre frère fût passé lorsque j'arriverai à Madrid, quoique j'espère que ce sera bientôt, s'il plaît à Dieu; je l'espère surtout si vous autres le lui
demandez et dans un temps aussi propice que celui où
vous, ma fille puînée, m'écrivez que vous vous êtes con-
fessée, que vous avez communié et que vous avez recom-
mandé à votre confesseur de faire à Dieu la même demande,
car je crois que ses prières auront beaucoup d'efficacité,
étant un si bon homme. Comme vous le dites, la venue du
marquis de Santa Cruz contribuera à avancer mon voyage.
Lorsqu'il y aura quelque chose d'arrêté à cet égard, je vous
en avertirai. Maintenant je n'ai rien de plus à vous dire,
sinon que Dieu vous garde comme je le désire !

De Lisbonne, le 1er octobre 1582.

[1] V. p. 182.
[2] Il avait déjà fait cette remarque dans sa lettre du 2 octobre 1581.
Voy. p. 121.
[3] Premier écuyer du Roi.

Je crois que la date de vos lettres du samedi a été empruntée déjà au nouveau calendrier[1], qui est une chose étrange. Je ne sais si partout on parviendra à le comprendre, et je pense qu'il s'y trouve des erreurs. Nous le verrons bientôt.

XXVII

A ·LAS INFANTAS MIS HIJAS.

Lisboa, á 25 de otubre 1582.

No tengo tiempo de responderos á vuestras cartas, y teneldo por buena señal. Y así anda ya pública my ida, y yo la he dicho ya á los de aquí, y se va escriviendo á otros y que dexo á my sobrino en my lugar. My hermana y yo creo que iremos casí juntos; y aunque primero se pensava ir ántes, pensando que yo me detendria más después, creo que holgará d'esperarme algunos dias, pues no puede ser tan presto como yo

---

[1] Le calendrier réformé par Grégoire XIII et qui supprima dix jours du mois d'octobre 1582, de sorte que la date du 5 fut remplacée par celle du 15 et ainsi de suite. Cabrera (lib. XIII, cap. IX) rapporte qu'au mois de septembre de cette année le nonce du pape présenta à Philippe II, à Lisbonne, des lettres où le saint-père lui faisait part de la réforme à laquelle il s'était décidé, après avoir pris l'avis des plus grands astronomes. Le Roi, ajoute Cabrera, avec cette obéissance qu'il montra toujours à l'Église romaine, donna des ordres pour que le nouveau calendrier fût observé dans ses États.

On ne comprend pas comment les lettres des infantes auxquelles Philippe II répond auraient pu être datées selon le calendrier grégorien, alors qu'elles devaient avoir été écrites dans le mois de septembre.

querria. Mas en fin se puede tener ya por cierta my
ida, si Dios no fuere servido de otra cosa. My hermana
a ido oy á vísperas á la Anunciada, donde deve aver
avido harta música. No la he visto después, ni sé más
de lo que me ha contado Madalena, que fué allá, aunque algunas vezes se engaña en estas cosas; y por esto
no os ha escripto oy, y oy á 8 dias, porque bolvió á
estar un poco mala : mas ya está buena. Bien creo que
habrá dudas en esto del año, mas ellas se irán enten-
diendo, y las tablas de los calendarios perpetuos bien
creo que servirán, mas las reglas por donde se gover-
navan las tablas no creo que sirven, pero las tablas sí;
y aun estos tres meses, de Sant Lucas hasta fin d'este
año, sirve la tabla 35, y el año que viene la tabla 20,
y de aquí á un año es de creer se sabrán las demás. Acá
creo que se supo y publicó primero que ay, y así creo
que se savía ya mejor lo que se havía de hazer. Al
Calabrés he embiado á Estremoz á hazer púcaros
como los en que tenia ay las flores, y lleva unas caxas
que estavan acá, para que traygan en estas peras ber-
gamotas como agorá un año, para que las embie desde
allí y él se buelba. Porque no bayan vacías, embio en
la una porcelanas para vuestro servicio y de vuestros
hermanos, y una hay dentro della con otras porcelanas
de nueva manera, á lo menos yo no las he visto sino
agora, y con otras cosas que ha juntado Santoyo; y
aquí va la llave desta arquilla : mas no llegará algunos
dias después d'este correo, porque ha pocos que partió
de aquí. No son cosas muy buenas, ni aun nada, y
podréis partir con vuestros hermanos de lo que os pa-

reziere ; y dos vestidos que van allí, de los que traen de
la India, me guardad para quando yo baya. Y otras
cosas ando buscando para llevar, pero son malas de
hallar, aunque en una destas naos diz que vinieron
muchas cosas. Y de lacre que han traydo en ellas os
embio aquí unos pedaços, porque son de diferente
forma que suele, y unos de lacre blanco que yo no he
visto sino agora. Selladme con él algunos pliegos que
m'enviáredes, para ver como parece, aunque creo que
será de ser cosa fria. Creo que uno que vino de hallá,
que ha sido governador, hizo un presente dello á my
hermana y de otras cosas, y tambien á my otro de
otras que veréis allá. Y no se puede de decir más, qu'es
muy tarde y estoy muy cansado.

De Lisboa, á 25 de otubre 1582.

Y bien me acordaré yo d'esta noche, aunque vibiese
mil años.

Vuestro buen padre.

(Parafe du Roi.)

XXVII

AUX INFANTES MES FILLES.

Lisbonne, 25 octobre 1582.

Je n'ai pas le temps de répondre à vos lettres : ce que
vous devez tenir pour un bon signe. Mon départ est maintenant public ; je l'ai annoncé à ceux d'ici, et on l'écrit à
d'autres et que je laisse mon neveu à ma place. Ma sœur

et moi nous irons probablement, pour ainsi dire, ensemble :
elle se proposait d'abord de prendre les devants ; mais, dans
la pensée que, elle partie, je prolongerais davantage mon
séjour ici, je crois qu'elle préférera m'attendre quelques
jours, puisque je ne puis me mettre en route aussitôt que
je le voudrais. Quoi qu'il en soit, mon départ peut enfin
être tenu pour certain, si la volonté de Dieu ne vient pas
y mettre obstacle. Ma sœur est allée aujourd'hui aux vêpres
à l'*Anunciada*, où il y a dû avoir grande musique ; je ne
l'ai pas vue depuis, et ne sais rien de plus que ce que m'a
conté Madeleine, qui était là, bien que quelquefois elle se
trompe en ces sortes de choses. A cause de ces vêpres elle
ne vous a pas écrit aujourd'hui ; elle ne le fit pas il y a huit
jours, parce qu'elle était redevenue un peu malade : à présent elle va bien. Je pense qu'il y aura des doutes en ce qui
concerne l'année [1] : mais ils s'éclairciront, et je suis persuadé
que les tables des calendriers perpétuels continueront à
servir, mais non les règles d'après lesquelles elles étaient in-
terprétées ; ainsi, pour ces trois mois qui vont de Saint-Luc
à la fin de l'année, la table 35 est bonne, et pour l'année
qui vient la table 20 : d'ici à un an il est à présumer qu'on
saura à quoi s'en tenir sur les autres. Je crois qu'à Lisbonne
on connut et on publia plus tôt qu'à Madrid le nouveau
calendrier, et que par là on fut mieux au courant de ce qu'il
y avait à faire. J'ai envoyé le Calabrais à Estremoz, pour
faire des pots comme ceux dans lesquels là-bas il tenait
les fleurs ; il emporte des caisses qui étaient ici, pour qu'on
y renferme des poires bergamotes, comme il y a un an ; il
les expédiera à Madrid, après quoi il reviendra ici. Afin
que ces caisses n'aillent pas vides, j'ai fait mettre dans une
des porcelaines, pour votre service et celui de vos frères ; la

[1] Voy. p. 202.

même caisse contient un petit coffre où sont d'autres porcelaines d'un nouveau genre (ce sont du moins les premières
que j'aie vues ainsi), avec différents objets que Santoyo[1] a
rassemblés : la clef de ce coffre est ci-jointe. La caisse n'arrivera que quelques jours après ce courrier, parce qu'elle
est partie depuis peu. Ce ne sont pas des choses de grande
valeur; ce ne sont même que des riens; vous pourrez les
partager avec vos frères comme vous le jugerez convenable,
en me gardant, pour quand j'arriverai, les deux vêtements
qu'il y a de ceux qui sont venus des Indes. Je m'occupe de
chercher d'autres objets pour les emporter : mais il s'en
trouve difficilement, quoiqu'on dise qu'il y avait beaucoup de choses dans un de ces navires. Je vous envoie des
morceaux de la cire qu'ils ont apportée, parce qu'ils n'ont
pas la forme ordinaire, et quelques-uns de cire blanche,
chose que je n'avais pas encore vue. Cachetez avec cette
cire quelques-unes des lettres que vous m'écrirez, afin que
je voie l'effet qu'elle fait, bien que j'imagine qu'elle ne conviendra pas. Je crois qu'un de ceux qui sont arrivés des
Indes, où il a été gouverneur, a fait présent à ma sœur de
cette cire et d'autres choses, comme il m'a donné à moi les
objets que vous verrez là-bas. Je ne puis vous en dire davantage, car il est tard et je suis très fatigué.

De Lisbonne, le 25 octobre 1582.

Je me souviendrai de cette nuit (?), quand même je vivrais
mille ans.

Votre bon père.

___

[1] Un *Diego de Santoyo* fut, selon les états conservés au palais de
Madrid, gentilhomme de la maison de Philippe II.

XXVIII

A LAS INFANTAS MIS HIJAS.

Lisboa, á 8 de noviembre 1582.

Ya creo que iréis creyendo la ida de aquí, pues creo
que con este correo embian por carros; y aunque
piensan que será la partida en entrando estotro mes, no
creo que será hasta cerca de Navidad, y para entónces
sí creo que será : á lo ménos procurolo yo así y lo
espero, aunque ay aun mucho que hazer. Y yo espero
que my sobrino lo hará muv bien, como vos, la mayor,
lo decís. Muy bien está qu'esten ya acabadas las co-
cinas y lo que más me decís desa casa. Después creo
que habréis visto lo demás y la galería á que haréis
dar mucha priesa, porque yo la halle acabada, á lo
ménos lo alto della, que lo demás no creo que podrá
ser. Lo que he hecho con el conde ha sido por pare-
cerme que convenia así, y por ver el mucho cuydado
que tiene de todo lo que se le encomyenda; y bien creo
le havrán dado hartas norabuenas. El Calabrés ha
buelto ya d'Estremoz, aunqu'él dexa haciéndose allí
los púcaros, y las arcas para las peras creo que serán
ya llegadas quando llegue esta. Y de Aranjuez escriben
que son muy ruynes este año y que ay muy pocas; y
á la verdad pocas buenas han llegado acá. Madalena
anda muy congojada con su negra que bolvió una vez

y agora se le ha buelto á ir, a dos dias, y no sabe della;
pero sospechase mal della. Creo que ello os lo deve
escrivir. Y mucho mejor me parece el lacre colorado
qu'el blanco, qu'este, sellado, no me parece está bien
y está más quemado. Bolviendo ayer á comer, dada
la una, de Nuestra Señora de Gracia, qu'es el monesterio de los Augustinos, qu'es muy bueno, porque voy
estos domyngos á los monesterios por despedida, hallé
vuestras cartas, en que m'escrivís el mal de vuestro
hermano, y espero en Dios que no será mucho; y con
que así fuese, no me pesaria que fuesen viruelas, pues
sería mejor que las tubiese agora que no más adelante, siendo mayor. Todadía no podré dexar d'estar
con cuydado hasta saver en lo que havrá parado el
mal, que creo se sabrá el myércoles; y con el cuydado
que vosotras teneis d'él, espero estará bueno. Antier
fué my hermana y mis sobrinos á Belen por tierra, y
partieron á las once, aviendo ya comido, y oyeron vísperas, y vieron la casa. Yo salí á las dos y fuy allá por
el rio en una de dos galeras que vinieron aquí, los
otros dias, de Nápoles, que no creo que os lo he escrito, y son muy hermosos navíos, de manera de galeras, sino que son mucho mayores; y traen tambien
remos, y traen mucha artillería, y nunca avía podido
entrar en ellas. Y así fuy en la una á Belen, adónde
hallé á my hermana, y con intencion de que bolviéra-
mos todos en la galeaça, porque la vieran por dentro :
mas tenia muy ruin entrada para my hermana. Y así
nos venímos juntos por tierra hasta aquí, qu'es una
buena legua. Y no ay más nuevas que deciros, ni aun

pensé que fuese tan larga esta carta. Y Dios os guarde como deseo.

De Lisboa, á 8 de noviembre 1582.

Vuestro buen padre.

(Parafe du Roi.)

XXVIII

AUX INFANTES MES FILLES.

Lisbonne, 8 novembre 1582.

Je suppose que maintenant vous croirez à mon départ d'ici, puisqu'avec ce courrier (je le crois du moins) on envoie des ordres pour qu'il soit préparé des chariots. Il y en a qui pensent que le départ aura lieu le 1er décembre[1]; je doute que ce puisse être avant la Noël; alors je crois bien que oui; du moins je m'arrange pour qu'il en soit ainsi, et j'espère que ce sera, quoiqu'il y ait encore beaucoup à faire. J'ai la confiance que mon neveu s'acquittera fort bien de la charge que je lui donne, ainsi que vous, ma fille aînée, vous le dites. J'apprends avec satisfaction que les cuisines sont achevées, avec ce que vous me dites de plus du palais[2]. Vous aurez, je.pense, visité le reste. Faites hâter les

---

[1] Le cardinal de Granvelle écrivait, le 12 novembre, au secrétaire Salazar, à Venise, que le Roi avait fixé son départ de Lisbonne au 5 décembre, et que déjà le duc d'Albe, en sa qualité de grand maître d'hôtel, avait prévenu tous les officiers de la maison royale qu'ils eussent à se tenir prêts pour ce jour-là. (*Documentos inéditos para la historia de España*, t. XXXV, p. 349.)

[2] Les infantes, qui avaient passé tout l'été aux *Descalzas*, étaient rentrées au palais à la fin d'octobre. (B. N. P.)

27

travaux de la galerie, afin que je la trouve terminée, ou du moins la partie supérieure; le surplus, je ne crois pas qu'il puisse l'être. Ce que j'ai fait pour le comte [1] m'a paru convenir, vu le grand soin qu'il a de tout ce qui est commis à sa charge; je crois bien qu'il en aura reçu de nombreuses félicitations. Le Calabrais est revenu d'Estremoz; il y a laissé à faire les pots pour les fleurs; quant aux caisses pour les poires, elles seront probablement déjà à Madrid, lorsque cette lettre y arrivera. On écrit d'Aranjuez que les poires sont très mauvaises cette année et qu'il y en a fort peu; à la vérité, on n'en a guère reçu de bonnes ici. Madeleine a beaucoup de contrariétés avec sa négresse, qui est revenue une fois et, il y a deux jours, s'en est allée de nouveau, sans qu'on sache ce qu'elle est devenue, mais on n'en soupçonne rien de bon : je crois qu'elle vous en écrit. La cire rouge me paraît beaucoup mieux que la blanche; l'empreinte de celle-ci ne fait pas bon effet, et elle brûle davantage.

Hier, à une heure, comme je revenais de dîner à *Nossa Senhora da Gratia,* très beau couvent des Augustins (car, ces dimanches, je vais visiter les monastères, pour en prendre congé), je trouvai les lettres où vous m'informez du mal survenu à votre frère. J'espère en Dieu que ce sera peu de chose; s'il en était ainsi, je ne verrais pas avec peine que

---

[1] Philippe II avait nommé le comte de Barajas président du conseil de Castille; le comte prit possession de cette charge le 29 octobre (B. N. P.)

En 1591 il fut obligé, sur l'ordre du Roi, de donner sa démission. Des plaintes avaient été formées contre lui; Philippe II les fit examiner par son confesseur, fray Diego de Chaves, par le cardinal de Tolède, l'archevêque de Mexico et l'auditeur Juan Gomez. Ce fut en conformité de leur avis qu'il résolut de congédier le comte. Barajas mourut au mois d'octobre de la même année. (CABRERA, *Felipe II,* t. III, p. 473.)

ce fût la petite vérole, puisqu'il vaudrait mieux qu'il l'eût
maintenant que plus tard[1]. Je ne pourrai toutefois laisser
d'être inquiet jusqu'à ce que je sache la nature et le caractère du mal : ce qui sera probablement mercredi. Le soin
que toutes deux vous avez de votre frère me fait espérer
qu'il ira bien.

Avant-hier ma sœur, mon neveu et ma nièce allèrent à
Belem par la voie de terre; ils partirent à onze heures, ayant
dîné; ils entendirent là les vêpres et visitèrent le palais. A
deux heures j'allai les joindre par le Tage, étant monté sur
une des deux galères qui vinrent dernièrement de Naples :
ce que je ne crois pas vous avoir écrit. Ce sont de très beaux
navires, en manière de galères, mais beaucoup plus grands;
ils sont aussi garnis de rames et portent beaucoup d'artillerie; jamais je n'y avais pu entrer. Je fus ainsi, sur l'un
d'eux, à Belem, où je trouvai ma sœur. Mon intention
avait été que nous revinssions tous dans la galéasse, afin
que ma sœur, mon neveu et ma nièce en vissent l'intérieur:
mais pour ma sœur l'entrée en était trop mauvaise. Nous
revînmes donc ensemble par la voie de terre : ce qui fait
une bonne lieue.

Je n'ai pas d'autres nouvelles à vous donner. Je ne pen-

---

[1] On lit, dans les lettres de Madrid du 9 novembre, que, quatre
jours auparavant, le prince (don Diego) avait eu une fièvre ardente;
qu'on l'avait saigné : ensuite de quoi son mal avait tourné en une
petite vérole. (B. N. P.)

Cette maladie, qui devait emporter l'héritier de la monarchie espagnole, ne donna pas d'abord d'inquiétude sérieuse. Le cardinal de
Granvelle écrivait, le 6 novembre, à la duchesse de Parme : « Mon-
« seigneur nostre prince est ung peu travaillé de la petite vérole : mais
« c'est si gratieusement que cela ne donne peine aux médecins, les-
« quels donnent espoir qu'il y aura peu de mal..... Ledict seigneur
« prince vient fort bien et se faict gaillard et fort de complexion pour
« son eage, et de soy-mesme jà désireroit estre hors du gouvernement
« des femmes. » (Bibliothèque de Besançon.)

sais même pas que cette lettre serait aussi longue. Dieu
vous garde comme je le désire !

De Lisbonne, 8 novembre 1582.

Votre bon père.

XXIX

A LA INFANTA DOÑA CATALINA MI HIJA.

Lisboa, á 3 de enero 1583.

Bien podeis creer que he holgado mucho con vuestra
carta, por ver por ella qu'estais ya con la salud que yo
deseava que tubiésedes; y así he dado muchas gracias
á Nuestro Señor por averosla dado y á vuestro hermano y hermanica y por todo lo que ha sido servido.
Vuestra hermana y el conde m'escriben que no os
quedarian señales, digo hoyos, que las otras señales
no importan; solo temian alguna cerca de la nariz,
por no averse acabado de quitar las costras de allí; y
como sean pocas, como lo espero, no ymportan. Y no
devíades de saverlo aun, pues no me lo escribís, y á
lo ménos en la letra no se parece el mal, que es tan
buena y aun creo que mejor que ántes; á lo ménos
tiene mas cosas. Creo que todo deve ser de contenta-
myento de veros ya buena. Ya creo que havrá baxado
vuestra hermana y juntádose con vos, y que habréis
estado bien sola estos dias sin ella, y tambien ella sin

vos, y tanto como yo lo estube los dias que estube en Belen sin my hermana y my sobrino. Y porqu'estaréis aun flaca para leer, no digo sino que os guarde Dios como deseo.

De Lisboa, á 3 de enero 1583.

Vuestro buen padre.

(Parafe du Roi.)

XXIX

A L'INFANTE CATHERINE MA FILLE.

Lisbonne, 3 janvier 1583.

Vous pouvez bien vous figurer la joie que m'a causée votre lettre, lorsque j'y ai vu que vous aviez recouvré la santé, comme je le désirais : aussi j'ai rendu beaucoup de grâces à Dieu, non-seulement de ce qu'il vous l'a donnée, ainsi qu'à votre frère et à votre petite sœur [1], mais encore de tout ce qu'il lui a plu de faire. Votre sœur et le comte [2] m'écrivent qu'il ne vous restera pas de marques, je dis de petits creux, les autres sont sans importance ; ils craignaient seulement qu'il n'y en eût quelqu'un près du nez, les croûtes n'ayant pas entièrement disparu de là : mais, s'il y en a peu, comme je l'espère, cela n'est rien. Vous deviez ne pas le

[1] Le prince Philippe et les infantes Catherine et Marie avaient été atteintes de la petite vérole presque en même temps que le prince don Diego : mais, dès le 18 décembre, le cardinal de Granvelle pouvait annoncer à la duchesse de Parme que tous trois étaient entrés en convalescence, et il ajoutait : « Et se monstre monseigneur nostre « prince moderne, depuis que le mal luy a ung peu purgé la com- « plexion, plus robuste... » (Archives Farnésiennes, à Naples.)

[2] De Barajas.

savoir encore, puisque vous ne m'en touchez mot. Le mal
ne paraît point, du reste, à votre écriture, qui est aussi bonne
et même meilleure, il me semble, qu'auparavant; au moins
il y a plus de choses dans votre lettre. Je crois que tout
cela doit provenir du contentement que vous avez de votre
rétablissement. Votre sœur sera, je le suppose, descendue
pour se réunir à vous; pendant votre maladie, vous vous
serez trouvée bien seule sans elle, et elle sans vous, de
même que je le fus les jours où j'allai à Belem sans ma sœur
et mon neveu [1]. Comme vous êtes encore faible et que la
lecture pourrait vous fatiguer, je n'en dis pas davantage.
Dieu vous garde comme je le désire!

Lisbonne, 3 janvier 1583.

Votre bon père.

<hr />

XXX

A LAS INFANTAS MIS HIJAS.

Lisboa, á 17 de enero 1583.

Con vuestras cartas holgué mucho y con las buenas
nuevas que me dais de vuestro hermano y de que

---

[1] Philippe II était allé à Belem une quinzaine de jours auparavant.
Il y avait fait transporter le corps du roi don Sébastien, qui était
resté en Afrique, et celui du roi don Henri, qui reposait à Almeirim.
On y avait aussi réuni, par ses ordres, le corps de la reine Catherine,
sa tante, et ceux d'une vingtaine de princes et princesses de la maison
royale qui étaient dispersés en différents endroits du Portugal. Il fit
déposer tous ces corps dans les caveaux qui leur étaient destinés,
après la célébration de solennelles obsèques auxquelles il assista. Il
passa trois jours à Belem. (HERRERA, lib. XII, cap. XVI.)

trayga ya el hábito y le esté bien lo blanco; y espero
que á vos, la menor, os quedarán pocos hoyos, qu'es
lo que haze al caso, que las manchas no importan,
pues se quitan. Y bien holgaria que las tubiésedes ya
quitadas, y tambien la chiquita, quando yo llegue :
mas, si es quando yo espero, no creo que estarán quitadas del todo, y para esto me doy toda la priesa que
puedo. Y el juramento de vuestro hermano creo será
presto, aunqu'es tanto lo que tengo por hazer, que no
sé qué me haga. Será el juramento en esta casa, en
una sala grande que ay en ella, toda llena de ventanas
al rededor, y algunas dellas junto al aposento de my
hermana, de manera que lo podrá ver bien desde ellas. Mucho he holgado que os ayais ya visto tantas
vezes y subido vos, la menor, arriba, y ya creo que
estaréis juntas. Y aunque esteis abaxo, avíades de
subir cada dia á la torre, á lo ménos todos los que hi-
ziere buenos, que allí lo pasaréis mejor que abaxo, y
tambien á my aposento quando no huviere obra, que
creo que á lo ménos será las fiestas, aunque ya creo
que deve andar al cabo; y sino, haréisles dar priesa
porque la halle yo acabada ; y escriviréisme en qué
térmyno está. Y es muy bien que hagais exercicio
siempre que podais. Y yo supe que vos, la mayor,
avíades tenido calentura del catarro, aunque no me lo
escrivais, aunque holgué mucho de no saverlo hasta
saver que estávades ya muy buena y de manera que
pudiéredes oir el sermon de don Juan Manuel, que
devió ser bien largo, segun lo que acá dicen, y otros,
que me parece que le he uydo, á lo menos uno. No sé

si haveis ya visto el cancel, ó si le han quitado, porque
no le han puesto sino para provarle; y no creo que ha
destar mal después que yo baya. Y siempre m'escrivid como os fuere y lo que más hubiere. Y yo no
puedo decir más, por no ocupar agora el tiempo sino
en despacharme de aquí. Y Dios os guarde como
deseo.

De Lisboa, á 17 de enero 1583.

Vuestro buen padre.

(Parafe du Roi.)

XXX

AUX INFANTES MES FILLES.

Lisbonne, 17 janvier 1583.

Vos lettres m'ont fait beaucoup de plaisir, ainsi que les
bonnes nouvelles que vous me donnez de votre frère [1]; je
suis charmé qu'il porte maintenant l'habit et que le blanc lui
aille bien. J'espère qu'à vous, ma fille puînée, il restera peu

---

[1] Granvelle écrivait, le 2 janvier, à la duchesse de Parme : « Mon-
« seigneur nostre prince moderne est refaict de la petite vérole, et aussi
« mesdames ses deux seurs ; et semble que le mal de la petite vérole
« dudict seigneur nostre prince ha purgé sa complexion, et se monstre
« à présent plus robuste que auparavant, et ha visaige fort aggréable,
« ayant receu de bien bonne grâce les bonnes pasques que les con-
« saulx luy sont allez donner, à la façon du pays, oires que son eaige
« ne soit que de quatre ans et demy. » (Bibliothèque de Besançon.)
Le 15 janvier il lui mandait : « Se monstre monseigneur nostre prince
« don Philippe plus fort de complexion depuis qu'il est eschappé de
« la petite vérole, que nous espérons luy aura purgé les humeurs qui
« le rendoient foible et maladif, et ha visaige fort aggréable, ressem-
« blant beaucoup le Roy. » (Archives Farnésiennes, à Naples.)

de marques de la petite vérole, ce qui est l'essentiel; les taches n'importent pas, parce qu'elles disparaissent. Je souhaiterais qu'elles eussent disparu déjà, et aussi chez la petite [1], quand j'arriverai : mais je doute qu'elles aient disparu entièrement, si j'arrive au temps que je l'espère, et pour cela je me donne toute la presse possible. La prestation de serment à votre frère aura probablement lieu bientôt, quoique j'aie encore tant à faire que je ne sais où donner de la tête. La cérémonie s'accomplira dans ce palais, en une grande salle, garnie tout autour de fenêtres dont quelques-unes sont auprès de l'appartement de ma sœur, de manière que de là elle pourra bien la voir. Je me suis réjoui d'apprendre que vous vous êtes déjà vues si souvent, et que vous, ma fille puînée, vous avez été en haut; je pense qu'à présent vous êtes réunies. Si vous êtes en bas, il n'en faudrait pas moins monter tous les jours à la tour, du moins lorsqu'il fera beau, car vous serez mieux là; il faut aussi aller à mon appartement, quand on n'y travaille pas, les jours de fête par exemple : je suppose que les travaux qu'on y exécute tirent à leur fin; s'il n'en était pas ainsi, faites-les presser pour que je les trouve achevés, et écrivez-moi en quel état ils sont. Il est fort à propos que vous fassiez de l'exercice chaque fois que vous le pouvez. J'ai su que vous, ma fille aînée, vous avez eu la fièvre, par suite de votre rhume, quoique vous ne me l'ayez pas écrit; j'ai été charmé de ne le savoir qu'en apprenant que vous en étiez délivrée, de manière que vous avez pu entendre le sermon de don Juan Manuel, qui dut être bien long, selon ce qu'on dit ici et ce que disent d'autres encore; il me semble que j'ai entendu ce prédicateur, au moins une fois. Je ne sais si vous avez

[1] La princesse Marie.

28

vu le vitrage [1], ou si on l'a ôté, parce qu'on ne l'avait placé qu'à titre d'essai; je crois qu'il ne fera pas mal après mon retour. Écrivez-moi toujours comment vous êtes et ce que vous auriez de plus à me faire savoir. Je ne puis vous en dire davantage, afin de ne m'occuper d'autre chose que de hâter mon départ d'ici. Dieu vous garde comme je le désire !

De Lisbonne, 17 janvier 1583.

Votre bon père.

XXXI

A LAS INFANTAS MIS HIJAS.

Lisboa, á último de enero 1583.

Con vuestras cartas holgué mucho, y con saver que todos esteis buenos. Y bien creo que alcançaré aun á ver las manchas de vos, la menor, y de la chiquita : mas, como no aya hoyos, las manchas presto se quitarán, y aun creo que lo estarán ya; y aunque íuese con ellas, holgaria harto de veros à todos, digo con manchas á los que agora las tienen. El juramento de vuestro hermano fué ayer, y así le podréis dar la norabuena d'él; y otros escrivirán más d'él, y yo no puedo ni quiero agora perder tiempo en escrivir ni en otra cosa, sino darme mucha priesa á la partida;

---

[1] Le Roi veut parler du vitrage destiné à la chapelle de son palais et derrière lequel il devait se placer pour entendre les offices. C'est du moins ainsi que le Dictionnaire de l'Académie espagnole traduit le mot *cancel*.

y así espero que será presto, y que mañana ó esotro
señalaré el dia de la partida y os lo escriviré el lúnes.
Y por no ocuparme más, no respondo en particular á
vuestras cartas. Por mucho que ay aya llovido, ha
sido aquí mucho más : mas no ha nevado nada ni
haze frio, que my hermana se espanta dello. Y ella vió
muy bien ayer el juramento. Y por lo que he dicho
no digo más sino que os guarde Dios como deseo.

De Lisboa, último de enero 1583.

Vuestro buen padre.

(Parafe du Roi.)

XXXI

AUX INFANTES MES FILLES.

Lisbonne, 31 janvier 1583.

J'ai été charmé de recevoir vos lettres et de savoir que
vous vous portez tous bien. Je pense que j'arriverai à temps
pour voir les taches de vous, ma fille puînée, et de la petite :
mais s'il n'y a pas de creux, les taches disparaîtront vite;
je suppose même qu'elles auront disparu déjà : encore que
ce fût avec des taches, je dis ceux qui en ont, je me réjoui-
rais de vous voir tous. La prestation de serment à votre
frère a eu lieu hier; vous pourrez donc lui en faire votre
compliment : d'autres donneront des détails sur cette cérémonie [1]; je ne puis ni ne veux, en ce moment, perdre du

---

[1] Philippe II fit, en cette occurrence, une chose qui donna beaucoup de satisfaction aux Portugais : il fit asseoir le duc de Bragance,
en chargeant son fils, le duc de Barcelos, de porter l'épée à sa
place. (B. N. P.)

temps à écrire ni à autre chose, mais je dois accélérer autant que possible mon départ. J'espère qu'il aura lieu bientôt, et que demain ou après-demain je serai en état d'en fixer le jour; je vous le ferai savoir lundi. Pour ne pas m'occuper davantage, je ne réponds point en particulier à vos lettres. S'il est tombé beaucoup d'eau à Madrid, il en est tombé plus encore ici, mais il n'a pas neigé et il ne fait pas froid : ce dont ma sœur s'émerveille. Elle a très bien vu hier la prestation de serment. Pour le motif exprimé ci-dessus, je n'ajouterai rien, sinon que Dieu vous garde comme je le désire !

De Lisbonne, 31 janvier 1583.

Votre bon père.

XXXII

A LAS INFANTAS MIS HIJAS.

Aldea Gallega, á 14 de hebrero 1583.

Tampoco puedo responderos agora á las postreras cartas que tube vuestras, porque las metí en un escritorio, y seria rebolver mucho sacarlas; y tampoco no tengo tiempo. Y así bastará deciros agora como partímos el viérnes, my hermana y yo, de Lisboa después de comer, y venímos por agua hasta aquí, que son tres leguas, las dos en galera hasta atravesar el rio Tajo, y la una en una varca hasta aquí por otro rio y la mar que entra aquí; y así hubímos de venir con la

marea : pero venímos muy bien y con muy buen
tiempo, aunque hubo algunas mareadas. Y otro dia,
estando yo oyendo misa con my hermana, para par-
tirme luego á Setubal y á comer al camyno, me tomó
una cosa en el estómago de rebolverseme que me ha
tomado otra vez en Elvas, y otra en Setubal, como
creo que os escribiria; y así no pude partir aquel dia.
Y aunque oy pudiera, porque ya ayer estube muy
bueno, me he detenido por despachar este correo, y
my hermana se ha detenido tambien por hazerme
compañía y no querer me dexar, aunque se pensaba
partir ayer. Y porque posamos aquí apartados, vino
ayer á verme, aunque yo estaba lebantado. Y oy he
ido yo á su casa y buelto muy bueno. Y así, placiendo
á Dios, nos partiremos mañana, ella camyno derecho
para ay por Guadalupe, hasta donde creo que tardará
desde aquí 15 dias, y yo para Setubal, y después á
Evora. Y así, por rodear algo y aver de posar en algunos lugares, llegará my hermana algunos dias ántes
que yo, y no sé yo aun quando llegaré. Pero, como
sea todo camynar para allá, podráse pasar mejor que
hasta aquí, pues ya estamos fuera de Lisboa y no te-
nemos mar que pasar como hasta aquí. Otra menina
más os lleva my hermana, sobrina de doña Francisca
d'Aragon, aunque creo que la tendrá ella en su casa
algunos dias : de manera que son tres, y no me pare-
cen muy meninas, aunque no traen chapines. No sé
si estaréis vosotras mayores que ellas, aunque diz que
dicen que tienen menos años. La doña Juliana diz
qu'es gran pieça, como allá veréis. Y por cenar á las

ocho, para madrugar mañana, no digo más, sino que os guarde Dios como deseo.

De Aldea Gállega, á 14 de hebrero 1583.

Vuestro buen padre.

(Parafe du Roi.)

XXXII

AUX INFANTES MES FILLES.

Aldea Gallega, 14 février 1583.

Je ne puis pas non plus aujourd'hui répondre à vos dernières lettres, parce que je les ai mises dans un secrétaire et que, pour les trouver, il faudrait remuer beaucoup de papiers : d'ailleurs je n'en ai pas le temps. Il me suffira donc de vous dire que nous partîmes de Lisbonne, ma sœur et moi, vendredi[1], après avoir dîné, et que nous vînmes par eau jusqu'ici. La distance est de trois lieues; nous en fîmes deux en une galère pour traverser le Tage, et la troisième en une barque qui nous conduisit jusqu'ici par un autre cours d'eau et par la mer, laquelle entre à Aldea Gallega. Nous eûmes donc à venir avec la marée : mais la traversée se fit très bien et par un beau temps; néanmoins quelques-uns eurent le mal de mer[2]. Le jour suivant, comme j'étais à la messe avec ma sœur, en intention de partir aussitôt après pour Setubal et dîner en route, il me prit un mal d'estomac semblable à celui que j'eus à Elvas,

[1] 11 février.
[2] D'après une lettre de Granvelle à la duchesse de Parme, du 26 février, Philippe II eut lui-même le mal de mer, mais il « n'en fit semblant », et le lendemain « il en sentit quelque commotion ». (Archives Farnésiennes, à Naples.)

et une autre fois à Setubal, ainsi que je crois vous l'avoir
écrit. Je ne pus donc point me mettre en route ce jour-là.
Je l'aurais pu aujourd'hui, car déjà hier j'étais très bien :
mais je suis resté pour dépêcher ce courrier; ma sœur, pour
me faire compagnie et ne voulant pas me laisser, est restée
aussi, quoiqu'elle eût eu le projet de partir hier. Comme
nous ne logeons pas ensemble, elle vint hier me voir, et
j'étais levé. Aujourd'hui je suis allé chez elle et suis revenu
très bien portant. Nous partirons donc demain, s'il plaît à
Dieu ; ma sœur ira directement à Madrid par Guadalupe,
où elle n'arrivera guère avant quinze jours; moi j'irai par
Setubal et Evora. Ainsi, comme je ferai quelques détours
et que je devrai m'arrêter en certains endroits, ma sœur arrivera plusieurs jours avant moi, et je ne sais encore quand
j'arriverai. N'ayant par là à parcourir qu'une route de terre,
nous pourrons voyager mieux que nous ne l'avons fait pour
venir ici, puisque nous sommes maintenant hors de Lisbonne et nous n'avons plus de mer à passer. Ma sœur vous
mène une nouvelle menine, nièce de doña Francisca d'A-
ragon, qu'elle gardera probablement chez elle pendant quelques jours : vous en aurez ainsi trois, qu'on ne prendrait
guère pour des menines, quoiqu'elles ne portent pas de
sandales [1]. Je ne sais si vous deux vous êtes plus âgées
qu'elles, bien qu'elles disent qu'elles le sont moins. On dit
que doña Juliana est une grande pièce; vous le verrez.
Comme je soupe à huit heures, afin de me lever tôt demain,

---

[1] Dans la relation de la cour d'Espagne faite, en 1572, par un gentilhomme de la suite de l'ambassadeur vénitien Antonio Tiepolo, on
lit, à propos de doña Juana, sœur de Philippe II : « La cour de la
« princesse est composée de plusieurs femmes d'âge, de six demoi-
« selles nobles et de quelques jeunes filles appelées *menines*, aux-
« quelles, quand elles ont seize ans, on donne les sandales (*chiappini*),
« que nous appelons *zoccoli*, et elles sont faites dames. » (*Relations
des ambassadeurs vénitiens sur Charles-Quint et Philippe II*, p. 173.)

je n'en dis pas davantage. Dieu vous garde comme je le désire !

De Aldea Gallega, 14 février 1583.

Votre bon père.

XXXIII

A LAS INFANTAS MIS HIJAS.

Guadalupe, á 15 de marzo 1583.

No pude despachar ayer este correo, por despachar otro á Lisboa, y tampoco no quixe despachar este hasta aquí, adónde llegué oy á comer, por poderos escrivir que quedo ya aquí. Y así anoche llegó el ordinario de ay que ya no tarda dos dias; y así tengo dos cartas de cada una de vosotras con estos dos ordinarios. Y pues os veré presto, que creo que será de oy en xv dias, un dia más ó ménos, placiendo á Dios, no quiero responderos agora, ni deciros más sino que vengo bueno y con mucho deseo de veros á todos, aunque primero pasaré por Sant Lorenço, por las obligaciones que tengo para ello : mas luego pasaré ay por veros y á my hermana. Y si no fuera por esto, bien creo me quedaria allí hasta después de Pasqua. Y ya ayer veríades á my hermana, pues m'escrivís que iba á comer ay. Y bien ruin tiempo nos ha hecho, y aun esta mañana frio, mas otros dias ha hecho buenos. A Cabrera he hallado oy aquí, aunque con calentura. Y no he camynado más en litera de la media legua que os escriví : que no gusto mucho d'ello, sino quando no ay remedio de carro. Y mañana á la tarde pienso partir de aquí. Y, por ser tarde, no digo sino que os guarde Dios como deseo.

De Guadalupe, mártes 15 de março 1583.

Vuestro buen padre.

(Parafe du Roi.)

XXXIII

AUX INFANTES MES FILLES.

Guadalupe, 15 mars 1583.

Je ne pus hier dépêcher ce courrier, ayant eu à en dépêcher un autre à Lisbonne; je ne voulus pas non plus le laisser partir jusqu'à ce que je pusse vous écrire que j'étais ici, où je suis arrivé aujourd'hui pour dîner. Hier soir vint l'ordinaire de Madrid, qui maintenant ne tarde pas plus de deux jours; et ainsi ces deux ordinaires m'ont apporté deux lettres de chacune de vous. Comme, s'il plaît à Dieu, je vous verrai bientôt, probablement aujourd'hui en quinze, à un jour près en plus ou en moins, je ne veux pas vous répondre maintenant ni vous dire plus, sinon que je me porte bien et que j'ai un grand désir de vous voir tous. Cependant je serai obligé de m'arrêter à Saint-Laurent[1]: mais je ne tarderai pas à passer à Madrid pour vous voir, ainsi que ma sœur; si ce n'était pas cela, je resterais, je crois, à Saint-Laurent jusqu'après Pâques[2]. Vous aurez

---

[1] L'Escurial.
[2] Pâques tomba, en 1583, le 10 avril.

29

vu hier ma sœur, puisque vous m'écrivez que vous l'atten-
diez à dîner. Nous avons eu un bien mauvais temps, et
même, ce matin, le froid était vif; mais, les autres jours,
la température a été bonne. J'ai trouvé ici Cabrera avec la
fièvre. Je n'ai fait en litière que la demi-lieue dont je vous
ai parlé[1]; ce mode de voyage ne me plaît guère, et je n'y
recours qu'à défaut de chariot. Je compte partir d'ici demain dans l'après-midi. Comme il est tard, je n'en dis pas
davantage. Que Dieu vous garde comme je le désire !

De Guadalupe, mardi 15 mars 1583.

Votre bon père.

XXXIV

A LAS INFANTAS MIS HIJAS.

Sant Lorenço, mártes noche.

Con vuestras cartas holgué mucho ayer y tambien
con la de my hermana. Y bien quixera responder á
todo agora : mas truxo tanto el correo de ayer, y han
sido tan largos los oficios de ayer á la tarde y esta
mañana que hubo sermon, y los desta tarde, que me
ha quedado poco tiempo para los papeles ; y tambien
vengo d'este camyno un poco mas reformado en lo
del cenar tarde, y no querria perder agora la buena
costumbre, y son ya las nueve. Y así dexaré el responder para quando pueda, y quizá será para respon-

___
[1] Dans une lettre qui nous manque.

deros de palabra, por lo que deseo veros. El domyngo
truxe buen camyno por Sant Juan de Malagon, y vine
en carro ; y no avía ya nieve, aunque ayre muy frio.
Y esta mañana avía alguna nieve aquí, que luego se
derritió. Ay no sé qué tiempo havrá hecho, y querria
yo que fuese muy bueno por lo que allá entenderéis.
Así plega á Dios, y os guarde como deseo.

De Sant Lorenço, mártes noche.

Y con el de mañana m'escrivid el tiempo que ay
hazey lo que más hubiere.

Vuestro buen padre.
(Parafe du Roi.)

XXXIV

AUX INFANTES MES FILLES.

Saint-Laurent, mardi soir (.. mars 1583)[1].

Vos lettres et celle de ma sœur, que je reçus hier, m'ont
fait beaucoup de plaisir. Je voudrais maintenant répondre
à tout : mais le courrier d'hier m'a apporté tant de dépêches,
et les offices d'hier après midi, ceux de ce matin, pendant
lesquels il y a eu sermon, et ceux de cette après-midi, ont
été si longs qu'il m'est resté peu de temps pour la lecture

---

[1] Philippe II doit s'être trompé en datant sa lettre de *mardi soir*.
Ce monarque arriva au monastère de l'Escurial le jeudi 24 mars,
ainsi que l'attestent les *Memorias de fray Juan de San Gerónimo*,
d'accord en cela avec les lettres du cardinal de Granvelle que nous
avons sous les yeux ; il en partit, le dimanche 27, pour Madrid, où il
fit son entrée le jour suivant. On peut supposer que ce fut le *jeudi
soir* qu'il écrivit à ses filles.

de tous ces papiers ; en outre je reviens de ce voyage un peu corrigé de la manie de souper tard, et je ne voudrais pas perdre à présent la bonne habitude que j'ai prise : or, il est déjà neuf heures. Je remettrai donc à vous répondre pour quand je le pourrai, et peut-être sera-ce de bouche que je le ferai, car je désire extrêmement vous voir. Dimanche j'eus un bon chemin par San Juan de Malagon ; je fis la route en chariot : il n'y avait plus de neige, mais l'air était très froid. Ce matin un peu de neige se voyait ici, mais elle se fondit bientôt. Je ne sais quel temps il aura fait à Madrid ; je souhaiterais qu'il fût très bon, pour ce que l'on vous dira. Plaise à Dieu que ce soit ainsi, et qu'il vous garde comme je le désire !

De Saint-Laurent, mardi soir.

Écrivez-moi, par le courrier de demain, le temps qu'il fait à Madrid, et ce que vous auriez de plus à me dire.

Votre bon père.

FIN

TABLE DES MATIÈRES

---

[1] Le premier chiffre est celui du texte espagnol, le second celui de la traduction.

PARIS, TYPOGRAPHIE E. PLON, NOURRIT ET Cie, RUE GARANCIÈRE, 8.

www.ingramcontent.com/pod-product-compliance
Lightning Source LLC
Chambersburg PA
CBHW061450030726
47503CB00005B/1656